おいしい診療所の魔法の処方箋《レシピ》

藤山素心

双葉文庫

Contents
【目次】

Characters
〖登場人物紹介〗
関根菜生
Nao Sekine
夢も資格もなく、恋人もいない28歳。突如として現れたじんま疹に苦しむ。
小野田玖真
Kyuma Onoda
自由診療の「んん診療所」の医師。女癖が悪く、ギャンブル好きなテキトー男。

第1章　ドコデモじんま疹《しん》

乗車率199%の激混み東西線に詰め込まれ続けて、もう6年が経った。

つまりこの医療機器卸売大手の子会社「ドワフレッサ」の営業事務も6年目だ。

営業部のサポートやアシスタントが仕事とは言うけど、営業が取ってきた仕事の資料作りや電話応対など、要は雑用が入り乱れる裏方の地味な仕事。

業務にはさすがに慣れたけど、最後の同期が寿退社してから「なんとなく置いて行かれた感」に襲われることが多くなり。休日は量販店の部屋着のまま、あっという間に陽が沈んでいくのを待つだけになっていた。

「関根《せきね》さーん！」

「えっ？　あっ、はい！」

部署の入口で腕組みしたまま立っているのは、うちの主任だ。あの人がわざわざ個別に人を呼ぶ時は、あまりいい話じゃないことが多い。しかもこうしてデスクから離れた場所というだけで、嫌な予感が走る。

「なんで、しょうか……」

「関根菜生《なお》さん、内示が出ました」

「えっ！　異動ですか⁉」

淡々と簡潔に告げられた言葉が意外すぎて、つい大きな声を出してしまった。

期末でもない時期の異動なんて、ろくでもない話に決まっている。

「先週、営業からひとり『飛んで』パンクしているらしいです。業務に詳しい『女性』が欲しいと言われたので、関根さんが適しているかと」

この会社で「飛ぶ」とは、ある日突然連絡が取れなくなって出社しなくなること。

その穴埋めに営業へ異動だなんて、ここを辞めるいい機会が来たのかもしれない。

そう考えた瞬間――健康保険と年金、そして家賃が頭の中を埋め尽くしていった。

28歳でなんの資格も持っていない女が、正社員で再就職できるだろうか。

「詳しいことは、営業の篠崎《しのざき》さんに直接聞いて。今週の残りは、引き継ぎと机の片付けに使っていいから」

「え……じゃあ、来週から？」

必要なことだけを伝えると、主任はさっさと背を向けてどこかへ去って行く。

やっぱり、ここを辞める機会が来たのかもしれない――またそんなことを考えていると、無意識に触っていた腕が妙に痒《かゆ》くなった。

袖をめくってみると、そこには久しぶりに「じんま疹《しん》」が浮き出ていた。

▽▽▽

残暑が厳しくて、涼しくなる気配もない。

それでも営業の仕事は電車を乗り継ぎ、外を歩き続けること。

そしてなにより、この暑苦しい上司の篠崎さんと1日の大半を一緒に過ごすことだ。

「なぁ、関根くんよォ。もう少し丈の短いスーツ、買って来いって言ったよなァ」

角刈りに近いツーブロックが四角い顔によく似合う、タラコ唇のおじさん。

ハンドタオルで何度も顔の汗を拭きながら、今日もまた根性論で戦うつもりだ。

「す、すいません……その、お金が……なくて」

「武谷《たけや》クリニックは、女の営業を連れて行かないと門前払いを食らうんだよ。だから、どの営業も『女連れ』だったろ？」

「……でしたね」

「その中で競り勝つには、あとはスカートを短くするしかねェじゃんよ。おれがタイトミニを穿《は》けるんなら、とっくに穿いてるっての。違うか？」

「……だと思います」

営業で「飛んだ」のは25歳の女性で、配属1年目だったらしい。

篠崎さんの脳内にはセクハラもパワハラも存在せず、あるのは上下関係だけ。順位としてはお医者様、病院の事務長さん、篠崎さん、そして部下——今は、あたしだ。

「あと、関根くんよォ。オドオドしすぎだろ」

「……すいません」

「営業、向いてねェな」

「ですね……自分でも、そう思います」

この流れで、また人事に要望を出して欲しい。

あいつは使えないから、別のヤツと交換してくれと言い出して欲しい。

「はぁ——まぁ、いいや。次は、18時に十条《じゅうじょう》の駅前な」

特大のため息をついた篠崎さんと別れ。

近くのコンビニでサラダと豆乳を買って、浮間舟渡《うきまふなど》の公園のベンチに座った。

「あたしに営業、無理だって……」

もちろん涼しいカフェに入るという選択肢はあるけど、お金がないのも事実。

せめて健康には気をつけなければと思い、営業へ異動になってからは「健康ねばねばサラダ」をがんばって食べている。もちろん納豆とオクラの「ねばねば」は大嫌いだけど、青じそドレッシングでごまかして薬だと割り切っている。

昔から味の好き嫌いが激しいあたしには、コンビニでも選択肢が少ない。

だからといって自炊にチャレンジしてみても、料理は壊滅的にできない。決定的だったのは、ブロッコリーを圧力鍋《なべ》で茹《ゆ》でてバラバラに砕《くだ》いたことだろう。好き嫌いが激しいくせに料理も作れず、営業にも向かない地味なアラサーの女は、残りの人生をどうやって過ごせばいいのだろうか。

「暑《あつ》っ……このあと、どうしようかな」

そんなことを考えながら、好きでもないサラダを無感情に豆乳で流し込みながら食べていると、無性に体が痒くなってきた。

襟シャツの胸元から体を覗《のぞ》いてみると、蚊《か》に刺されたような盛り上がりが見える。しかも何個かは合体して、より大きな大陸地図みたいになっていた。

「……また、じんま疹が出てる」

子どもの頃から、じんま疹が出やすい「体質」だと言われていた。でも小児科では食べ物や動物のアレルギーはないと断言されていたし、大学生になった頃には年に1回ぐらいに減っていたので忘れていたほどだ。

「ちょ、なんなのこれ……もう、痒いなぁ」

気づけば両腕の内側にも、似たようなじんま疹の地図が浮き上がっている。痒いからといって掻《か》けば爪の跡が赤い線になって残り、やがてそこも白く盛り上がってじんま疹になるのはよく知っていた。

「あっ！　脚にも出てる！」

スーツ姿で股の間をポリポリと掻く女なんて、とても人に見せられたものじゃない。

「なに食べたっけ……豆乳は朝も飲んだし……やっぱりあたし、納豆アレルギーかも」

入社してから少し頻度が増えたので、何度か病院で検査してもらったことがある。

犬や猫は飼っていないし、アパートは絨毯《じゅうたん》やラグを敷いていないフローリング。

あとは、食べ物アレルギーしか思い当たらないのだけど。

牛乳、卵、小麦や大豆はもちろん、魚介類から牛肉、果てはお米からグルテンや乳糖まで調べてもらっても、すべて陰性。ちなみに検査項目に「納豆」はなかった。

それでも食い下がったら渋い顔をされながら、ラテックスや金属などの接触性アレルギーまで調べてもらった結果――これもやっぱり、すべて陰性。そしてお決まりの「体質だね」と言われて、じんま疹や痒み止めの飲み薬を出されて終了するのだ。

それを飲んでも効果があるというよりは、気づいたら消えていることがほとんど。

塗っても効果がいまいちな軟膏には、何の期待もできないことを知っている。

「どうしよう……これ、今までの『じんま疹』とは違う気がする……」

汗を拭いても痒いし、汗をそのままにしても痒い。

やがてじんま疹は、あっという間に全身へ広がり始めていた。

「だめだよ……こんな状態じゃ、営業なんて回れないって」

スマホを取り出して「篠崎さん」をタップ――する前に、一瞬ためらった。

通話とはいえ、また大声で罵倒《ばとう》されるのは嫌だ。

でもこの広がり方は、ちょっと普通じゃない。

何を言われるか想像はついたけど、とりあえず連絡してみたら案の定の反応だった。

『ハァ？　じんま疹⁉　さっきまで出てなかったのにか！』

「は、はい。あ、いや……ちょっと前から腕とかには出てたんですけど、それが今までとは違って……あの、納豆サラダを食べたら」

『じんま疹なら問題ないだろ。そんなことより、これから板橋《いたばし》消化器内科クリニックへ行くことになった。すぐに、板橋駅前へ来い』

それだけ言うと、通話は一方的に切られてしまった。

仕方なく板橋駅前まで移動して、見せられる範囲でじんま疹を見せたものの。

言い渡された判決は「大したことない」で、隠して営業に回れということだった。

そう、これがあたしの新しい職場。

パワハラともセクハラともモラハラとも無縁の、真っ黒に塗りつぶされた暗黒のブラック営業部なのだ。

▽　▽　▽

土日にやっている病院は、どうも「いい加減」な気がしてならない。

もちろん、全部がそうじゃないとは思うけど——その場しのぎというか、悪くならなければいいというか。つまり週明けまでやり過ごせればいい、という感じが伝わってくることが多い。お薬手帳に「効かない」と赤で書き込んだものを見せても、また同じ処方を出されるし。検査は土日だからできないと断られてしまう。

だから結局こうして篠崎さんに思いっきり嫌味を言われながら、なんとか半休を取って平日に受診し直すことになるのだ。

納豆も豆乳も止めたのに何も変わらないどころか、どんどん酷《ひど》くなっていくばかり。長袖のシャツやパンツスーツで隠せない首元や、時にはおでこにまで出始めた。

土日で少し消えかかったじんま疹は、平日になるとまたすぐに悪化する。

今月の半休取得は、今日で3回目——つまり、毎週これを繰り返しているのだ。

「皮膚科においでの、関根さーん、関根菜生さーん。3番の診察室へどうぞー」

今日は大学病院で「紹介状」を書いてもらい、品川にある総合病院まで来た。

初診の受付から名前を呼ばれるまで、待つこと1時間半。廊下に置かれたソファには、まだ患者さんがずらりと並んで待っていた。

「失礼します」

長白衣《ながはくい》の前を開けたまま、椅子《いす》にもたれかかって紹介状を読んでいるドクター。

電子カルテに入力する様子もなければ、こちらを向く気配もない。

「関根さん。結構、いろんな病院に行かれてるんですねー」

「は、はい。この2ヶ月、本当にこの『じんま疹』で困っていて」

おかけになってくださいとも言われないので、様子を見ながら椅子に座ったものの。

いまだに紹介状から目を離さないけど、大学病院は何を書いてくれたのだろう。

「開業のクリニック、医院……先週はＴＫ大学付属病院まで行かれたのに、今週はウチに来られたんですか？」

「はい……『大学病院で治療するような、じんま疹じゃない』と言われたので」

「ですよね――」

大学病院の診断は「特発性《とくはつせい》じんま疹」だった。

あたしも医療機器販売の卸会社で営業事務を6年やっていたのだから、医学文献専用の検索エンジンで「じんま疹のガイドライン」ぐらいは探すことができる。

でも「特発性」とは簡単に言えば「なんでもあり」という意味で、原因には感染、食物、疲労、ストレス、自己免疫抗体などなど、ずらっと挙げられており。素人《しろうと》がそれを読んで、根本的に理解できるような資料《もの》ではなかった。

「――だって食べ物から花粉まで、特異的ＩｇＥ抗体の検査を片っ端からやって、ぜんぶ陰性でしょ？　非特異的ＩｇＥの値も高くないし、パッチテストも陰性。ヒスタミン遊離試験《HRT》までやってますもんね」

「どこでも『体質』だって、言われてしまうんです。それは子どもの頃から」

「でしょうね」

ようやくこのドクターは、あたしと目を合わせてくれた。

でもそれは、大きくゆっくり息を吐きながら——つまり、ため息をつきながらだ。

「先生。ここでは、アレルギーの検査項目に『納豆』があるんですか？」

「納豆？　いや、ないですけど……納豆アレルギーが心配、ってことですか？」

「特殊な検査項目だから、こちらの病院に紹介されたんじゃ」

「大学病院から？　まさか」

あはははっと軽く笑って、ようやく紹介状を机の上に置いた。

「そのじんま疹。特発性じんま疹だと、大学病院から説明は受けましたよね？」

「あ、はい……でも、原因がなにか分からなくて……だから、その……こちらで検査をしてもらえるのかと」

「特発性じんま疹の原因って、なんでもアリなんですよ。逆に言えば、原因の特定ができないから『特発性』とか『原発性《げんぱっせい》』とかの『冠』が付いてるんです」

「え？　で、でも原因がわからないと……あたし、今の仕事に」

「関根さん、申し訳ないんですけど……現代の医学って、何でもハッキリ白黒つけて治せるってワケじゃないんですよ」

「……それって、体質だからガマンしろってことですか？」

「あー、いや。そうじゃなくてですね――」

「別に……ガマンするなら、するでいいんです。けどせめて、じんま疹が軽くならないと……仕事が、まともにできないんです」

また目を逸《そ》らしたドクターが目立たないようにため息をつき、背筋を正して椅子に座り直した。そして咳払《せきばら》いをひとつして、言葉を選んでいる。

それは露骨《ろこつ》に「忙しいんだけどなぁ」と、顔に書いてあるようなものだ。

「――自由診療って、ご存じですか？」

「美容整形とか、アンチエイジング……ですよね」

「いやいや、それが違うんですよ。実はボクの知ってる医者が、ちょうど関根さんの症状にピッタリの病院をやってるんです。そこなら長時間待たされることもないですし、ゆっくり話も聞いてもらえると思うんですけど」

「……ここでは診《み》てもらえない、ということですか？」

「いやいや、違います。必ずしも、そういう意味じゃないんですけどね」

なにが違うのか、そういう意味とはどういう意味なのか、さっぱり分からない。

あたしは別に困らせたくて受診したわけじゃなく、ただ治して欲しいだけなのに。

「これだけ病院を『回られて』困っておられるのですから、行かれてみてはいかがですか。

場所は西荻窪《にしおぎくぼ》なんですけど、ご住所からは電車で1本ですし……紹介状、どうしましょう。すぐに書けますけど？　どうします？　行かれてみますか？」

急に、相手の出方をうかがう疑問形だらけになった。

まだ廊下で待っている患者さんのために、頼むから帰ってくれということだろう。

もういいや、虚《むな》しいから帰ろう。

どうせあたしのじんま疹は、この病院でも治せるとは思えないし。

「……じゃあ、お願いします」

またお高い「紹介状料」が財布から逃げていく。かといって紹介状がないと、次の病院では平気で5千円以上は取られるし。結局じんま疹の様子を診察されることもなく、篠崎さんの嵐のような嫌味に耐えてやっとのことで取った3回目の半休も、まったくのムダで終わったのだ。

途方に暮れて診察室のドアを閉めた直後、中の会話がわずかに聞こえてきた。

『あれ？　先生、採血するんじゃないの？』

おばちゃん看護師さん、お願いですから声を落としてください。

あるいは診察が終わった患者についての話なら、もう少しあとでお願いします。

『採血？　しない、しない――』

バチバチとキーボードを叩いて紹介状を書きながら、皮膚科のドクターも、それに釣られて声が大きくなっている。

『――だってあれ【病院ショッピング】だもん』

なにそれ、あたしのこと？

『へー、そんな風には見えなかったけどねー』

『見てよ、この紹介状。開業医を6軒、先週はTK大学も受診してるんだよ？　ああいう人には、なにを言っても理解してもらえないって』

なんなの、病院ショッピングって。

別にあたし、病院へ薬を買いに来てるわけじゃないんだけど。

その意味をスマホでググってみたら、説明のひとつがあたしの心をえぐった。


【病院ショッピング】

――あるいは、疾患のインフォームド・コンセント《説明と同意》を得ようと十分に説明しても納得せず、患者自身にとって都合のいい診断と治療をしてくれる医師や病院が現れるまで、次々と医療機関を受診して回ること。


それを読んで、全身を支えていた力が抜けていくのを感じた。

「……あたし今まで、病院からこんな風に見られてたんだ」

だからTK大学病院では「ここで治療するじんま疹じゃない」と言われ、関連の総合病院へ「たらい回し」されたのだ。どこでも治らないから治して欲しいだけで、都合のいい治療なんて探していないというのに。

それ以上は耐えられず、出された処方箋と紹介状を持って病院の外へ逃げ出した。

無慈悲な灼熱《しゃくねつ》の日差しで汗が吹き出し、さらにじんま疹が痒くなっていく。

「もう、疲れたよ……なんなの、このじんま疹も……この病院も」

いつまでも続く残暑に炙《あぶ》られながら溶けそうになっていると、まるでそれを見ていたようなタイミングでスマホが鳴った。

着信画面には、いま一番見たくない名前が浮かび上がっている。

「お、お疲れ様です……関根で」

『どうだったよ。半休を取りまくって行った、今度の病院は』

あんな単語、知るんじゃなかった。きっと言い方を知らないだけで、篠崎さんもあたしの受診を「病院ショッピング」だと思っているに違いない。

「それが、あの……まだ」

『検査結果が出てねェのか』

「いや、そうじゃなくて……その、紹介状をもらって」

『ハァ？　なんだそれ！　また別の病院に行くってか⁉』

「なんか……私もちょっと、びっくりしてる――」

今日の出来事を伝えようとしたら、一方的に会話を遮られてしまった。

『関根くんさァ。来週、病院の診療明細書を持って来てくれる？』

「え？　あ、はい。わかりましたけど、なにか」

『あと、診断書な』

「診断書……病欠扱いですか？」

『そんなの、どうでもいいんだよ。それより今日、どこの病院へ行ったんだっけ？』

そこでようやく、篠崎さんの意図に気づいた。

あたしは病院なんて受診せず、ズル休みをしていると疑われているのだ。

背中にぞわぞわと悪寒が走り、汗が伝うと共に痒くなっていく。

「と、東嶋《とうじま》病院の皮膚科です！　ちゃんと受診して、いま」

『ふーん……まぁ、いいや。部長から明日は休ませろって言われてるから、仕方ねェけど。その代わり週明けには、診療明細と診断書を持って来い。わかったか？』

「……は、はい」

『部長も何を考えてんだか。これじゃあ、一欠《いっけつ》と変わりねェよ』

捨て台詞《セリフ》でスマホが切れると同時に、あたしの電源も落としてしまいたかった。

このじんま疹って、あたしが悪いの？

「……仕方ないけど明日ここへ行って、診断書だけはもらってこないと」

まだ封の湿った紹介状が、慌ててスマホを取り出したカバンから突き出ていた。

そういえば聞き慣れない「自由診療」の病院らしいけど――。

『んん診療所　小野田《おのだ》玖真　院長先生　御侍史』

んん……って、診療所の名前が『んん』なの？

それで院長は、小野田『クマ』⁉

頭がクラクラしてきたのは、熱中症のせいじゃない。

あたしは何を信じて生きて行けばいいのか、わからなくなってしまった。

▽　▽　▽

限りなく千葉で多国籍な江戸川区の西葛西《にしかさい》から、朝の激混み東西線に詰め込まれ。

まさか終点の中野を越える日が来るとは、思ってもいなかった。

大手町《おおてまち》を過ぎた頃には通勤戦士たちはみんな降りてしまい、平日の朝にまさかのシートへ着席。高田馬場《たかだのばば》を過ぎてくると、ちょっとした旅行気分になっていた。

いつも降りる駅を通り過ぎるだけで、こんなにも心が解放されるとは思いもせず。

家族に行き先も告げず、ふっと行方不明になる人の気持ちが少しだけ理解できた。

「あ、次だ」

45分も乗り続けて降り立ったのは、杉並《すぎなみ》区の西荻窪。

北口のバス停は狭い道路に面しており、すぐその向かいにはカラオケ、漫画喫茶、飲食店などの入った雑居ビルが、わずかに壁を作っているだけ。右手には昭和っぽい「西荻シルクロード」が狭い道を挟んで延び、その手前には商店街と言うには微妙な「にしおぎ北銀座街」が見えた。

「えーっと、北口を出たら……とりあえず『善福寺川《ぜんぷくじ》』を目指せばいいかな」

スマホのマップに入力した住所が示した道筋は、左手に延びるバスが通ればすれ違いが難しそうな細めの道路。そこにはカフェから不動産屋、書店から八百屋さんまで、だいたい日常生活に必要なお店がつらつらと並んでいた。

でも次第に庭木が茂る戸建てか、せいぜい二階建てのアパートだけが続く細い道になり。歩いても歩いても似たような住宅の連続で、何度も行き止まりに当たっては戻ってを繰り返しているうちに、方向感覚を失ってしまいそうだった。そのうち道は下り始め、善福寺川らしき幅の狭い川が見えてきたので、このあたりのはずだけど——。

「え、ここ？　だってこれ、普通の家だよね……」

一軒だけ他とは趣《おもむき》が違うというか、作られた年代が違う家に辿《たど》り着いた。

入口の小さな門だけを残し、あとは周囲を木々と草が壁のように覆《おお》い隠している。

その隙間《すきま》から少しだけ見えたのは瓦《かわら》の屋根で、いかにも古民家といった感じだ。

「診療所……んん診療所……って、どういう意味なの『んん』って」

どこかに診療所の看板が出ていないか探していると、不意に女性の叫び声が響いた。

「先生ッ⁉　なんなの、その女――ッ！」

一瞬その声に体が硬直したけど、間違いなくこの古民家の庭から聞こえてくる。

診療所が古民家で、朝から女性の叫び声が聞こえてくることってある？

本当に住所、ここで間違いないのかな。

背丈の低い門から恐る恐る中を覗いてみると、今まで感じていた西荻窪の大らかでいい感じの空気を吹き飛ばす光景が、古民家の庭先で繰り広げられていた。

「――なんで他の女と朝帰りしてんの⁉」

派手な格好の女性が怒りの矛先《ほこさき》を、遠目にもイケメンだとわかる男性に向けている。

「どうした？　朝から、そんな恐い顔しちゃって。美人さんには、朝陽のような笑顔が一番似合うのに」

切れ長の目をしたクールな外見と、軽すぎる口調のギャップが印象的で。

前下がりのショートボブというか、前に美容院の雑誌で見たやつ――確かマッシュウルフとかいう髪型も、やたらと似合っている。着ているのは絶対に格安量販店の上下だと思うけど、それが店内ポスターのモデルなみに見えるから不思議だ。

でもその隣には、なんとなくキャバ嬢さんみたいな女性を連れている。

すごく若いわけではなさそうで、腰までの長いストレートヘアはさらに明るく金髪に近い。こちらはタイトなデニムに白シャツ姿だけど、バッグからアクセサリーまで持ち物すべてがブランド品。

つまり女性2人対男性1人——これはいわゆる「痴情《ちじょう》のもつれ」ではないだろうか。

「どうしたじゃないでしょ⁉ なにこれ、信じられないんだけど！」

「わかる。オレもキミのことを信じてるのに伝わらない、このもどかしさ」

「会話が成立してないし！」

「ぜんぜん成立してるって。以心伝心ってやつ？ たぶん、悪いのはオレだよね」

そこだけは分かっているらしいけど。

この人、何も考えずにしゃべっていないだろうか。

「ねぇ、クマちゃん。沙莉奈《さりな》、コーヒーでも飲ませてもらおうと思ってたけど……これって、帰った方がいい感じ？」

「大丈夫だ、問題ない」

「言い切ったね。けどあれ、誰なの」

「今、それを思い出せないのが一番もどかしくてなぁ」

やっぱり名前も覚えていなかった事実に、巻き髪の派手な女性がブチ切れた。

「なッ――アッタマきたッ！」

ハンドバッグから取り出したのは――えっ、刃物⁉

いや、ハサミ！

どうしよう、これって危険な状況だよね⁉

警察に電話するべきか、このまま見なかったことにして立ち去るか。

そんなあたしの動揺が虚《むな》しくなるほど、このテキトーなイケメンに焦りはなかった。

「あー、ハサミは縁起が悪すぎる。昔エジプトの偉いお坊さんっぽい人が『汝、それを切る事なかれ。紡《つむ》いで未来へ続く紐《ひも》とせよ』って言ってた話を聞いた気がするし」

「なにそれ！　縁起とか、関係ないし！」

「あるある。どうすんの？　これから先、オレらの関係をバッサリ断ち切る気？」

「そ、そういうワケじゃないけど⁉　小野田先生、いっつもテキトーだし！」

「それは誤解だけど、誤解したキミが悪いんじゃない。悪いのは思いをすべて伝えられない、言葉の不自由さ。そして日付が変わるたびに過去をリセットして常にフレッシュな関係でありたい、オレのワガママだから」

全然意味の分からないことをテキトーに並べながら、いつの間にか距離を詰めて優しくハサミの先を下げさせたイケメン。

その浮かべた笑顔に、巻き髪の派手な女性はすでに負けているようだった。

「もう、なんなのそれ……だいたいエジプトのお坊さんって、誰なの」

「聞きたい？　じゃあ続きは、また今度ね」

「いつ？」

「遠くない未来の夜更け。それより、タクシー呼ぶよ？」

このテキトーなイケメンが、たぶんここの院長だと思うけど。

女連れで朝帰りの挙げ句に庭先で刃傷沙汰《にんじょうざた》とか、女癖が悪いにもほどがある。

駅から近いせいか、タクシーはすぐにやって来て。バタンとドアが閉められる音に続き、巻き髪の女性は去って行った。

「なーんか沙莉奈、疲れたから今日は帰るね」

「そう？　悪かったな、埋め合わせはまた今度するから」

ぱさーっと長い金髪ロングをなびかせた沙莉奈様にも、動揺した様子はなく。

横目であたしをチラッと見ただけで、気にすることもなく庭から出て行った。

そして門から玄関まで続く敷石に残されたのは、あたしとテキトー院長先生だ。

「あれ？　今日は見覚えのない、美人さんラッシュだな」

「えっ……？　あ、あたしですか？　あたしですよね？」

砂利を踏みしめて歩いてきたテキトー院長先生は、近くで見てもイケメンだった。

男性なのにやたらと肌がすべすべだし、鼻から口元もしゅっと整っている。美容室のヘアモデルか売り出し中の俳優さんだと言われたら、簡単に信じてしまうだろう。二日酔いでちょっとお酒臭いけど、いい匂いと混ざって、これはこれで危険。朝から刃傷沙汰になるのも納得――いや、それは納得してはだめなヤツだ。

「ごめんねー。オレ、あんまり人の顔を覚える気がないダメ人間らしいんだよね」

「いえ、大丈夫です……初対面なので」

「あ、そうなの？　じゃあ、まさかの新患さん？」

「新患、ということは……やっぱり、ここは病院なんですか？」

「そうだよ。この隠しステージに辿り着けただけで、大合格でしょ。誰に聞いたの」

「聞いたっていうか……その、病院から紹介状をもらいまして」

「……病院？」

たぶん、紹介状を見せろということだろう。

スッと出された手は、指先まですらりと長くて綺麗《きれい》だった。

「えっと……待ってください、いま出しますけど……あの」

初対面だとだいたいこんな感じになってしまうのに、営業に向いているわけがない。

ましてやこんな正体不明のイケメンを目の前にして、いつも通りでいるのは無理だ。

「まぁまぁ。慌てなくても、太陽は昇ったばかりだから」

「すいません、確認なんですけど……小野田クマ、院長先生ですよね？」

「残念。違います」

「違──えっ⁉　違うんですか⁉」

「玖真と書いて『きゅうま』って読むんだなぁ、これが」

「すいません！　あたし、つい」

「別に、いいって。子どもの頃から、あだ名はだいたいクマだし」

「先生のお名前を間違うとか、本当にすいませんでした」

「大丈夫だ、問題ない」

「……じゃあ、本当にここが」

差し出した紹介状を流れるように受け取り、封筒の差出人を確認した小野田先生。

振り返ってわずかに浮かべた笑顔は、別人のように優しくて爽やかだった。

「ここは自由診療の『んん診療所』で、オレは院長の小野田。ま、気楽にね」

敷石を踏みながら玄関に辿り着き、引き戸を開けると──。

それは病院に対する概念をひっくり返す、衝撃的なものだった。

「この古民家が、診療所……？」

「適当に座っててもらえる？」

あたしは今、リノベーションした古民家カフェにでも来ているのだろうか。

いや、こぢんまりとした居酒屋？

ウッディで落ち着く室内には、天井から優しい暖色のダウンライトが吊されたカウンター席が４つ。窓から明るく陽の差し込む壁際には、座り心地の良さそうなソファのテーブル席がふたつある。

――なにこれ、受付どこ？

横長の木製カウンターの中には電子カルテも診察器具もなく、あるのは水道の蛇口とシンクだ。後ろの壁には薬棚でもカルテ棚でもなく、冷蔵庫や炊飯器や電子レンジが並び、吊されたお玉やフライ返し、それから３つのコンロとレンジフードが見える。あれだけそろっていれば、居酒屋メニューも作れてしまいそうだ。

――待って落ち着いて、ここは待合室かも。

玄関先での刃傷沙汰が終わるのを待っていたように、あとから入って来たふたりの患者さんというかお客さんっぽい女性は、カウンター席とソファ席に離れて座った。仕方ないので、入口に一番近い端っこのカウンター席に座ることにしたけど。話しかけられると気まずいので、もちろんふたりとは距離を取った。

小野田先生は聴診器も持たずに長白衣だけを羽織り、軽い二日酔いのままカウンターの中に入って行く。カフェか居酒屋か――どちらにしても、キッチンに立つ白衣姿なんて違和感しかない。

「瀬田《せた》さーん。どうしたの、今日は」

窓際のソファ席に座っていたのは、セミロングに丸っこい体型の女性。平日の朝なのに、ゆるくてラフなコットンの普段着、スッピンかナチュラルメイク、まとめた髪に寝グセなし。二の腕の感じからして、あたしと同じぐらいのアラサーだろうか。勝手にタブレットを立ててキーボードをパチパチしているところを見ると、もしかしたら作家さんかもしれない。

あっ——また無意識に、人間観察をしてしまった。

じろじろ見て、感じ悪くならないようにしなくては。

「クマ先生。なんか昨日から、頭が痛いんですよね……熱はないんですけど、ぼんやりダルくて、集中できないんですよ。まだ副鼻腔炎が残ってるんですかね」

「それはこの前、治ったばっかでしょ。指先に、ピリピリした感覚がない？」

もしかしてこれが問診で、まさか診察が始まってる？

ここってパーティションもない、カウンタータイプの診察室だったの？

「……軽くしてますね。腱鞘炎《けんしょうえん》ですかね、バネ指ですかね」

「ないない。ご飯は何時に食べた？」

「昨日の夜……えーっと、10時？」

「なに食べたの」

「米と塩とササミですね」

「相変わらずだなぁ……」

それは食事というか、食材のことではないだろうか。

すると小野田先生は、急にフレンチプレスで紅茶を淹《い》れ始めた。抽出は早めに止めてボウルのように大きなティーカップへ大量に注ぎ、見た感じがジャムとは違う瓶と一緒にカウンターへ出している。

「たぶん、血糖が下がってるわ。これ飲みなよ」

「あっ、お茶あざっす。なんですか、その瓶」

「氷砂糖を、ベルガモットと洋なしのシロップに漬けたやつ。瀬田さん用にストックしてるから、紅茶に好きなだけ入れていいよ」

そそくさと取りに来た瀬田さんは、興味津々《きょうみしんしん》にそのガラス瓶を眺めている。

「あっ、クマ先生！　これ、めっちゃ甘くて美味《おい》しいヤツじゃないですか！」

「とりあえず、低血糖をなんとかしてみ？　頭痛と指先のピリピリ、消えるかもよ」

「あざっす。じゃあまた、低血糖だったんですかね……」

「レッツ、原稿。がんばってー」

嬉《うれ》しそうにセルフでソファ席に持ち帰った瀬田さんは、透明なシロップと一緒に氷砂糖をスプーンで何杯も入れていた。

苦笑いでそれを見ていた小野田先生は、次にグラインダーでコーヒー豆を挽《ひ》き始めた。牛乳にはスチームをかけて柔らかい泡まで立て、ずいぶん本格的な様子だけど。

それを差し出した相手は、カウンター席で静かにスマホをいじっていた女性だった。

「木暮《こぐれ》さん、カフェオレの薄めでいい？」

「ええ、いつもので」

あたしより年上、たぶん30代半ば過ぎ、結婚指輪なし。雑誌で見たことのある「男ウケするメイクとヘアスタイル」なのに、平日の朝から仕事に行かなくていいのは、自宅住まいだからだろうか。

この木暮さん、婚活女子かもしれない。

その証拠に、いじり続けていたスマホ画面はメッセージのやり取りと――遠くて確信は持てないけど、たぶんあれは婚活サイトのトップページのような気がする。

あっ、また無意識に人間観察を――何とかならないかな、この癖。

「どうしたの、木暮さんは」

「なんだか、また眠れなくなってしまって……」

「午前11時までに陽の光、浴びてる？　睡眠覚醒リズム、崩れるよ？」

「はい。ですから、こうして先生の所に」

小野田先生はいつの間にかセットしていたオーブンから、バターのいい香りが漂うロールパンを取り出してきた。おまけにどう見ても手作りっぽいジャムが、瓶詰めのまま無造作に木暮さんの前に置かれている。

「それより、なんでまだ不健康なダイエットしてんの？　身長あたりの体重の割合――BMIは、普通体重の『下限』だって説明したでしょうに」

「は、はい……それは、前にも教えていただきましたけど……」

「うーん、なんだろう。寝れない、食べない……なんか思い当たるフシ、ないの？」

「……いえ、これといって」

「そっか……これ、ブルーベリーが安かったんで大量に作ったジャムね。かなり甘さ控えめに作ってあるから、安心してパンと食べな」

「でも……あの、先生。今日、お薬は」

「とりあえずパン、食べよっか。朝食も食べられないようなら、内服より入院だなぁ」

ここまでの流れを見ていて、ふと気づいた。

頭痛や不眠の体調不良を訴えたら、その人それぞれにドリンクやフードが出された。

ここはもしかすると、食べ物で治療するような病院かもしれない。

ただこの小野田先生が本当に医者なのか、いまいち信じ切れないのも事実。

だってこの光景を見て、ここが病院だと思える人なんていないと思うし。

「悪いね、お待たせ――」

ようやくあたしの番が回ってきたのは、ありがたかったけど。

これは行きつけのカフェで、マスターとカウンター越しに会話する感覚。他のふたりも聞いているのに、じんま疹の話なんかして――大丈夫、かもしれない。

作家っぽい瀬田さんはキーボードを叩きまくりだし、婚活女子っぽい木暮さんもパンにジャムを塗って食べながら、スマホの向こう側へ行っている。

「あ……あたし、実は今日……その、最近ずっと」

「――じんま疹でしょ？　診せてもらっていい？」

カウンターから身を乗り出されると、当たり前だけど顔が真正面に来る。この近すぎる距離感はあまり得意じゃないけど、見てもらわないことには始まらない。

長袖で隠していたシャツをまくり上げると、小野田先生が不意に触ってきた。

近い近い、なんかこれって患者と医者の距離じゃない気がする。

長くて綺麗な指に掴《つか》まれ、撫《な》でられ、押されて、わりと妙な気分になりそうだ。

「皮疹は、じんま疹で間違いないね。他は、どこに出てる？」

「えっ、ここで見せるんですか⁉」

「場所だけ言ってくれたら、それで十分だよ。脱ぐ気なら止めないけど」

切れ長の目で笑顔を浮かべるのは、反則だと思う。

きっとこれで、何人もの女性が心を折られたのだろう。

「う、腕の内側と……太ももと、ふくらはぎ……あと、脇腹と……時々、首にも」

「えっ、ほぼ全身じゃない。それ、いつから？」

「2ヶ月、ぐらい？　前から……その、ひどくなり始めて」

「この状態で2ヶ月も耐えてたの？　がんばりすぎでしょ。何の仕事してるの？」

だめだ、なんで泣きそうになるんだろう。

どの医者からも篠崎さんからも、「がんばりすぎ」なんて言われなかったからかな。

「営業、です……」

「なんか、あれだよね。まじめなんだろうね」

「……はい？」

「自分の性格を、ひとことで言うと？」

そしてあたしの想像を、斜め45度ほどはずれた問診が始まった。

「え……いや、それは……気が、小さい方……ですかね」

「なるほど、まじめで気が小さい。じゃあ、なんか特技ある？」

「特技？　特技……メモとか記憶ですかね。ともかく、ミスがないよう努力してます」

「いいね。逆に、苦手なことは？」

「人前に立つこと、テキパキ仕事をこなすことです」

「早《はや》っ。速攻で答えたね」

「苦手なことの方が、いろいろ多いので……」

これって問診じゃなくて、性格判断か心理テストじゃないかな。どのあたりが、じんま疹の診察に関係あるのかな。

「好き嫌いは、ある？」

「食べ物ですか？　まぁ……普通の人よりは、多いかなとは」

「オレ、つぶあんの食感がだめでさ。絶対こしあん派なんだよね」

「あ、そういうのならあります。なんでも味が濃いものは、ちょっと辛いです」

「ご飯も、固めが好きだし」

「絶対、固めがいいです。べちゃっとしたご飯は、全部お粥《かゆ》みたいな感じがして」

「それ、わりと聞く話だよね。あとカレーはご飯とルゥを混ぜたら、もう食う気がしないとか？　餡《あん》かけみたいな『とろみ』は絶対無理とかも」

「ですよね！」

つい乗せられてしまったけど、あたしは何の話をしているのだろう。

これで、じんま疹の治療方針が決まるのかな。

「転職したのも、２ヶ月前だと思うんだけどさ。前は、なにやってたの」

意外にも小野田先生は、あたしの異動時期を言い当てた。

いろいろ答えたけど、それはどの病院でも話していなかったと思う。

「あの……それ、紹介状に書いてありました？」

「お薬手帳、見せてもらえるかな」

あたしの疑問は聞き流され。

分厚くなったお薬手帳を差し出すと、ざっと目を通した先生は何かに納得していた。

「これ、効かなかった薬剤に印が付けてあるね。有り難いわ」

「でも……あまり参考にしてもらったことは」

壁掛けの内線みたいな電話を取り、小野田先生はどこかへ連絡している。

「颯《そう》、プレドニゾロン錠5㎎を1シート持って来てくれないか」

どこの誰に何を伝えたのか、考える暇もなく。

奥からガラの悪そうな男性が、これまた派手なテラテラした紫の襟シャツと黒のジャケット姿で現れた。眠いのか不機嫌なのか、ちょっと上目遣いの半眼。こんなにオールバックの似合う人は、あまりいないような気がする。

「はいよ」

「サンキュー。在庫、まだある？」

「ある」

ホストと言うにはガラが悪すぎるし、口数も少ない。

持って来たのは小さなピンクの錠剤が並んだ、銀色のお薬シートだけど。大柄な見た目とその手渡し方が怪しすぎて、まるで違法薬物の取引。しかも小野田先生に渡し終わると、颯と呼ばれた男性は逃げるようにまた奥へ引っ込んでしまった。

「とりあえず、えーっと……関根さん？　これ、飲んでもらえるかな」

「飲むって……それ、なんですか？」

「酷いじんま疹の対症療法。抗炎症作用を狙《ねら》ったステロイドだ。紹介状とお薬手帳から考えて、今の関根さんにはこれしかないでしょ」

「え？　紅茶とかジャムじゃなくて、お薬なんですか？」

「ここは自由診療だけど、ちゃんと都に届けを出してる診療所。さっきの奴は八木《やぎ》颯で、見た目は微妙でも隣の『をん薬局』にいる正式な管理薬剤師だし」

「薬局？　をん……え？」

んん診療所に、をん薬局？

あたし、なんかやっぱり騙《だま》されてない？

「この診療所と薬局の名前には、検索避《よ》けに『ん』と『を』を使ってみたわけ」

今の時代、検索で一番上にヒットさせるための業者までいるというのに。

人が来ないように検索避けをするなんて、めちゃくちゃ怪しい限りだ。

「でも、他の方たちには」

「確かにオレの基本的な治療方針は『水分』『糖分』『塩分』、そして『食事』に『睡眠』

という、最小限度にして人体には必要不可欠な要素を管理すること。新生児管理っぽく大《おお》袈裟《げさ》に言えば、大人の『ミニマル・ハンドリング』が信条だけど——」

小野田先生は急に真顔になって、カウンターから身を乗り出した。

「——ここまで酷くなったら、そういうレベルじゃないんだわ。必要十分な最低限度の内服は、絶対必要なんだなぁ」

「そんなに……酷いんでしょうか」

「自分でも、薄々気づいてたんじゃない？　もうこれ、限界だなって」

「まぁ、そうですけど……」

「そのプレドニゾロンはアレルギーでもなんでも、炎症と名の付く状態なら『一時的に』全部抑《おさ》えてしまうんだよ。喘息《ぜんそく》の発作でも、声帯の腫《は》れでも、酷い花粉症でも——非常時の切り札的なやつ。もちろん、酷いじんま疹にも効く。一時的にね」

「アレルギー……やっぱりあたし、納豆アレルギーなんですね？」

「え……納豆？」

「えっ、違うんですか？」

ぽりぽりっと無造作に頭をかいて、小野田先生が困った顔を浮かべている。

だって今「アレルギーでもなんでも」って、言ったじゃないですか。

「とりあえずそれ、どうする？　嫌なら、無理には飲ませられないから」

「これって……『強い』お薬なんですか？」

「ぜんぜん」

そこまで即答されると、さすがにこれ以上は何も言えず。今日は「診断書」をもらって帰らなければならないし、ここは先生を信じて飲んでみることにした。

「苦《にが》っ！」

「あっ、言い忘れたけど。溶けたらめちゃくちゃ苦いから、すぐ飲み込んでよ？」

「さ、先に言ってください……」

ふふっと笑った小野田先生は、いたずらっぽい表情を浮かべている。

朝から刺されそうになったり、真面目だったり、子どもっぽかったり。

少なくとも、今まで見たことのないタイプのドクターだ。

「早ければ2時間ぐらいで効いてくるから、それまでケーキでも食べてなよ」

「……ケーキ、ですか？」

「え、ケーキも無理な感じ？」

女子なら、だいたいケーキは好きだけど。ケーキバイキングに行っても並んだ色とりどりのケーキを見ているのが楽しいだけで、あたしはほとんどのケーキが苦手だ。

生クリームは下痢するかと思うほど甘いし、乗ってるイチゴはだいたい酸っぱいし、マロンの味も嫌い。そもそも崩さずケーキを食べられない、自分の不器用さが嫌だ。

「いえ、そうじゃないんですけど……あの、どんなケーキなんですか？」

「今から炊飯器で焼く、時短ケーキ。チャイでも淹れるから、飲んで待ってて」

「えっ、炊飯……チャイ？」

なにからなにまで、言っている単語がぜんぜん繋《つな》がらなくて頭が混乱する。

病院と名の付くところへ来て、これほど動揺させられたことは初めてだった。

▽　▽　▽

ケーキが炊飯器で焼き上がる間。

意外にも患者さんらしき人が、何人かやって来た。

近所のお母さんは幼稚園にお子さんを預けたあと、カウンターでなんとキーマカレーを食べている。家では旦那さんとお子さんの味付けが優先で、自分の好きなものが作れないらしく。朝とお昼を兼ねて、ここで食べさせてもらっているという。

「あぁ……好きな物が食べられるって、やっぱりいいよね」

「イージーにね、イージーに。母親が倒れたら、どうせダンナなんて子どもの面倒みれないんだしさ。まぁ70％のエネルギーで家事を済ませて、あとはここで好きな物でも食べてエネルギーを補充して行きなよ。ストックは切らせないから」

お母さんは少し嬉しそうに、そして美味しそうにキーマカレーを頬張《ほおば》っていた。

他にもフレックスで出社しているという、IT系らしきお兄さんもやって来た。この人は胃腸の調子が良くないらしく、小野田先生は片手鍋でちゃちゃっと出汁《だし》を作り始めた。そしてまたフリーザーから冷凍うどんを取り出して放り込むと、市販の油揚げと刻みネギを乗せて10分で「きつねうどん」を作ってしまった。

先生の時短を超越した簡単手作り料理には、驚くばかりだけど。

白衣を着ているだけで、この人って本当は医者じゃないのではと思ってしまう。

あと白衣にカレーが飛び散っても、気にしないのが不思議でならない。

「先生。暑いのに温かいうどん、いい意味で胃に染み渡りますね。特に出汁が」

「腹の調子が悪くて体がだるい時は、とにかく塩分。どんどん出て行くからな。あとなぜか『食べて元気になろう』みたいな根性論があるけど、弱ってる消化器に負担かけるとか虐待《ぎゃくたい》だからするなよ。それより、逆流性食道炎はある？」

「1日1回？　モヤっと……胸焼け的な？」

今度は電話で薬剤師の颯さんを呼び、先生は3種類の胃薬を箱ごと並べた。

それは処方薬ではなく、ドラッグストアで見かける市販薬。

この人には、食べ物や塩分の調整だけではだめなのだろうか。

「これ、切らしてるだろ」

「ドラッグストア、いつ行っても薬剤師さんが居ないですもん」

「哲《てつ》ちゃんの帰る時間に、居るはずないじゃん。セルフメディケーションの対象薬もあるから、確定申告で忘れるなよ?」

「うす」

「症状によっては『ランソプラゾール』『モサプリドクエン酸塩』『ドンペリドン』の処方も考えるから、その時は仕事帰りにでも寄れよ」

「うす」

「あんまり続く時は、内視鏡するからな」

「……うす」

テーブルの上に、千円札を4枚キチンと並べて。口数も表情も少ないIT系らしきお兄さんは、満足そうに薬を持って仕事へ出かけて行った。

そんなあたしは、縮《ちぢ》れた紅茶の茶葉を牛乳で煮たチャイを飲ませてもらっている。カルダモンとクローブの風味は大好きで、なによりこれは甘さ控えめなのがいい。カフェではだいたい付いてくるシナモンは、味も匂いもだめだと言った記憶はないのに、スティックもパウダーも出されなかったのはとてもありがたかった。

「おーい、関根さん。焼けたぞ」

炊飯器のスイッチが切れて、お釜を取り出す時。小野田先生は鍋つかみではなく、迷彩柄の戦闘用みたいなグローブを手にはめた。確かに、少しも熱くなさそうだ。

ポンポン叩かれてケーキクーラーの上にスポンと落ちてきた円板状のケーキは、全然ふっくらしていないスポンジ——というか、巨大なフィナンシェみたい。生クリームを塗ってデコレートする様子もなければ、イチゴやマロンを乗せる気配もない。

「少し冷めてからの方が美味《おい》しいけど、できたての熱いやつも悪くない」

あっという間に6等分されて出された炊飯器ケーキの断面には、何かが散らばっている。ふんわり漂うバターの香りと共に、それがブルーベリーのジャムだと気づいた。

「……いただきます」

まだ暖かい、炊飯器で焼いた謎《なぞ》のケーキをひとくち食べて驚いた。

わずかにブルーベリーとバターの風味が薫る、少し締まったスポンジケーキと言えばいいだろうか。フワフワしすぎない適度な食感はあたしが大好きなやつで、フィナンシェほど何かが詰まって密になった感じもない。そしてなにより、甘すぎないのがいい。牛乳多めの暖かいチャイと食べると、気のせいか心が穏やかになっていく。

「どう？　良さげ？」

「すごく美味しいです。この味……今まで食べたケーキの中で、一番好きです」

「いよーっし！　ＯＫ、ＯＫ！　そうだと思ったんだよ！」

他のメニューは味見もせずに片手間でチャチャッと作っていたのに、なぜか小野田先生は拳を握りしめて満足そうだ。

「……なんでこのケーキだけ、そんなに嬉しそうなんですか？」

「『美味い物』を出す店なら、西荻の駅前にいくらでもある。でも相手の『食べたい味』がピシッと決まった料理は、なかなか作れないからね」

「オーダーメイド、ですか」

「そう。それができた時の達成感は、最高だね。さっき話を聞いてて、こんな感じだろうなとは思ってたんだよ。グラニュー糖を50ｇに抑えたの、冴《さ》えてたわぁ」

好きな物を食べて、好きな物を飲んでいるだけで、まるで医師と患者ではなく、カフェのマスターとお客さん気分になってきて。なんとなく、思っていることを話してもいいような気にさえなってしまう。

「……いいですね、器用で。羨《うらや》ましいです」

「オレ？　ただの時短料理だけど」

「あたし……みんなにできることが、うまくできないんですよね。料理もそうですけど……仕事も恋愛も、なんか思うようにいかないんです」

「何でも器用にできたら、それはそれで裏がありそうで気持ち悪いでしょ」

「でも何の資格も持ってないアラサー女が、じんま疹だらけになって上司に嫌味を言われて……惰性で付き合ってた彼氏とは、フェードアウトするようになんとなく別れて……それから合コンも婚活もしてないなんて、だめですよね」

今日は診察に来ているはずなのに、そんなグチをこぼしている自分に驚いた。

東西線の西の終点を越えた、東京とは思えない閑静な西荻窪の住宅街。古民家をリフォームした落ち着く店内――というか診察室で、平日の午前中からダラダラと好きな物を食べてくつろいでいるからだろうか。

それとも先生の言うように、チャイとケーキで体に糖分が回ったせいだろうか。

やがて洗い物を終えた先生が手を拭きながら、あたしの真正面に戻って来た。

「関根さんさぁ。キミに足りないのは糖分と休養、それからムダ話をする相手だ」

「……はい？」

「そのじんま疹は『ストレス性じんま疹』だから。多少でも誰かにグチれてたら、もう少し軽かったかもしれないし」

「ストレス性？　でも『特発性じんま疹』だって、TK大学病院では」

「定義上はアレルギー抗原のハッキリしないタイプを、まとめて特発性と呼んでるけどね。大人《おとな》のじんま疹でアレルギーじゃないタイプのほとんどは、ストレスが原因だ」

「これ、納豆アレルギーじゃないんですか？」

「まだ『納豆じんま疹』だと思ってたの？　ある意味では『精神的な思い込み』が引き金のアレルギー反応とは言えるけど……それはもう、忘れていいんじゃない？」

「いや、でも……」

少し肩をすくめた小野田先生は、自分のコーヒーカップに口をつけた。

「よくいるんだよ、なんでも『食物アレルギー』だと信じて疑わない人。焼き肉を食べた後にじんま疹が出たから『焼き肉アレルギー』だとか？　納豆を食べた後に出たから『納豆アレルギー』だとか？　なのに、1対1の反応でじんま疹が出るわけでもない。食べても大丈夫な時があるとか、しばらく食べ続けたら出たとか――」

全部あたしに当てはまりすぎて、何も言い返せない。

だってまさか、ストレスでじんま疹が出るなんて思ってもいなかったし。

「――そんなのは前後関係であって、因果関係じゃないんだよ」

「因果……？　因果応報的な？」

「いやいや。食べたあとにじんま疹が出たっていう『事実の時系列』が前後関係、食べた物が『直接の引き金』になって出るのが因果関係。関根さんのはストレス負荷でじんま疹がいつ出てもおかしくない時に、『たまたま納豆を食べた』だけなの」

急に言いくるめられたような気分になったのは、なぜだろう。

このじんま疹は本当に、ストレスが原因なのだろうか。

「じゃあこれ、どうやったら治るんでしょうか」

「好きな物を食べて、十分寝て、思ってることをできるだけ話す。あるいは――」

「あるいは……？」

「――ストレス・フリーに生きる。少なくとも、今の仕事は辞めることじゃない？」

「て、転職しろってことですか⁉」

この先生は、なぜ簡単にそんなことが言えるのだろうか。

なんの資格も持たない28歳のアラサー女が今の職場を辞めて、自分に合ったやり甲斐《がい》のある居心地のいい仕事を、すぐに探せるはずがない。ましてや両親とは仲が悪いので、あたしは実家に帰ることもできないし、帰るつもりもない。

「明らかに営業がストレスになってるって、自分でも気づいてるでしょ」

「そんな簡単に……辞められるわけないじゃないですか。だいたいストレス・フリーの仕事って、何なんですか」

もしあたしが「国家資格」という全国共通の決め手を持っていたとしても、この世にストレス・フリーの職場なんてあるとは思えない。

それは病院でも、どこでも同じだと思うのだけど。

「自分でも原因がわかってるのにそれを止めようとしないから、いつまでも症状が消えない。関根さんのじんま疹も、心身《しんしん》症状――心の悲鳴を体が症状として出してくれてるんだから、ちゃんと耳を傾けてやってよ」

「それって薬では、なんともならないんですか？」

「他人の人生を治療するなんて、現代医療にできるわけないよね」

なにごともなかったように。切れ長の目で淡泊な視線を投げかけながら、小野田先生はコーヒーをすすっている。

「……それは、そうですけど」

なんとか仕事を続けるために治療が必要だから来たのに、まさか「仕事を辞めろ」と言われるなんて思ってもいなかった。

ストレス性じんま疹が何であれ、治療方針は薬ではなく転職だという。

それでは病院へ相談に来たのではなく、転職エージェントに相談したようなもの。

ここなら何とかしてくれるかもしれないという期待は、一気に萎《しぼ》んでいった。

「あの……そろそろ帰りますので、お会計を」

「そう？　じゃあ、ケーキセットが５００円と」

「ケーキセット？　ここ、診療所ですよね？」

「ん？　あぁ、初診料だと思ってよ。それからプレドニゾロン錠が1錠10円なんで、１回３錠／１日２回……明日の分まで出しとくから、６２０円で」

1錠10円なんて、薬の原価としか考えられない。

いくら自由診療でも、処方箋《しょほうせん》料や調剤技術料を取らない病院なんてあるだろうか。

結局ここも、あたしのじんま疹をきちんと治療してくれる病院じゃなかった。

また篠崎さんに罵声を浴びせられながら、病院ショッピングのレッテルを貼られたまま、受診先を探す日々が始まるのだ。

「あ、あと……すいませんけど、診断書……もらえますか」

「会社用？　ぜんぜん信用してくれない会社なんだな。診断名は、どうする？」

「どうするって……それ、医師が書くものじゃないんですか？」

当たり前のことを言っただけなのに、肩をすくめて残念そうな顔をされた。

あたしのどこに間違いがあったというのだろうか。

「正直に『特発性じんま疹』って書いたら『原因不明』で、誰のせいでもなくなるじゃない？　けど『ストレス性じんま疹』って書いたら『会社と仕事がストレスの原因』になってることを、暗に表現できるんだけど」

「ウソの診断書を書くんですか⁉」

「ウソじゃないって。正確には『心因性じんま疹』って分類名がある。原因がストレスだから、わかりやすく噛《か》み砕いて『ストレス性じんま疹』と書くだけ」

なんという医学マジック。

でも「ストレス性じんま疹」で提出したら、篠崎さんに何と言われるだろうか。

それをきっかけにまた異動になればラッキーだけど、そんな保証はどこにもない。

逆にめんどくさい奴として、篠崎さんのサンドバッグにされるかもしれない。

あたしには、そんなギャンブルをする勇気はない。

それができるぐらいなら、もうとっくに転職しているだろう。

「……と、特発性じんま疹で」

「いいの？」

「だって……TK大学でも、そう言われましたから」

「関根さん、いい人すぎだなぁ……待ってなよ、すぐ書くから」

カウンターの端にあるパソコンで、バチバチと診断書を書き始めた小野田先生。

キッチンの隅で白衣を着たままキーボードを叩く姿自体が、やはり異常なのだ。

「はいっ、これでいいかい？」

ペラッと渡された診断書が、思いのほか本格的な書式で少し驚いていると。

すでに来週からの仕事で頭が一杯になっていたあたしを、小野田先生は呼び止めた。

「たぶんその性格だと、またすぐにじんま疹が出ると思うからさ。困ったら、いつでもここへ来なよ？」

その優しげな目に、もう騙されるつもりはない。

ここに来る人たちも、このテキトー先生に振り回されてなきゃいいけど。

「ありがとうございました。失礼いたします」

気づくと逃げ出すように、灼熱の残暑の中へと飛び出していた。

このインチキくさい診療所は、一体なんだったのだろうか。

とりあえず高額な自由診療じゃなかっただけ、ラッキーだったとは思うけど。

こんな病院に紹介状を書いたあの皮膚科医を、一生呪《のろ》ってやりたい。

「……あれ？」

そんなことを考えながら、西荻窪の駅へ戻っていると。

あれほど困っていたじんま疹は、ゆっくりとだけど確実に薄く消えかけていた。

「うそ……なにこれ、どういうこと？」

時計を見ると、出された薬を内服してちょうど2時間が経っている。

どの病院で出された薬も、こんなに早く効果が出たことはない。

つまりあのテキトー先生の治療は、どの医者よりも正しかったということなのか。

そんな認めたくない事実が、あたしの頭の中をさらに混乱させていった。

▽　▽　▽

月曜の朝。

あたしはまた、苦行の営業に戻っていた。

赤羽《あかばね》の駅で篠崎さんと待ち合わせて、今日の一件目は開業したての内科クリニック。

その前に言われた通り、篠崎さんに診療報酬明細と診断書を見せているのだけど。

それはもちろんコピーで、本物は営業部長に提出済みだ。

「なんだァ？　この『んん診療所』って」

「珍しい名前の自由診療でしたけど、まぁ、病院……でした」

「そりゃあ、病院じゃねェとダメだろう。けどなんだよ、クマ院長って。歳いくつだよ。キラキラネーム族の残党か？」

「きゅうま、って読むらしいです」

納得のいかない顔で何度も診断書を見ていた篠崎さんは、次にあたしの体をねちっこく舐《な》め回すように眺めた。

「まぁ、いいや。じんま疹は消えたみてェだし。結局、何のじんま疹だったんだよ」

あれから自宅アパートに戻って、もらった薬の2回目を夕食後に飲み。言われるまでもなく土曜日はゴロ寝で過ごしながら、1日2回の薬だけは忘れず飲んだ。日曜日はなんとなく目覚めも良く、朝のニュースでイケメンを眺めながらパンをかじっていたら、体中に出ていた地図状の白いじんま疹の盛り上がりは消えたのだ。今ではぼんやりと皮膚が赤くなっているだけで、2ヶ月も困っていたようにはとても見えない。

逆に今までの半休は本当に病院へ通っていたのか怪しいものだと、篠崎さんに疑われても仕方のないレベルだった。

「つ、疲れ……？　が、原因みたいです」

とりあえず、嘘《うそ》のない範囲で答えるしかないけど。それすら怪しそうな表情を浮かべられるのに、仕事のストレスが原因だなんて正直に言えるはずがない。

「疲れ？　そんなの聞いたことねェぞ？」

「ですよね……すみません」

体育会系の根性論には反論さえしなければ、とりあえずその場は収まる。

「まぁ、いいや。今日の『うめや耳鼻科クリック』は11月に新規開業予定で、まだ器材の搬入業者に『空き』がある。おそらくクイヨーエレックとの一騎打ちになるだろうから、気合いと根性を入れて行くぞ」

いつも人でいっぱいの赤羽駅西口を出て、大型の複合商業施設をふたつ過ぎた頃。

5階建てのビルに「うめや耳鼻科クリニック」の看板だけが、すでに出ていた。

「お忙しいところ、失礼いたします！　13時にアポイントを取らせていただいております、ドワフレッサの篠崎と申します！」

まだ受付デスクとパーティションしかない院内で、姿を現したのは40代の男性。

明るい茶髪に、イケてないヒゲを生やした「ちょいワルおやじ」っぽい雰囲気だ。

「あー、どもども。医療機器の業者さんね。院長の梅屋《うめや》です」

「この度はお時間をいただき、誠にありがとうございます！　こっちは部下の関根です！　まだまだ新人なので、私とペアで動かせていただいております！　あわせてどうぞ、よろしくお願いします！」

「はじめまして。せ、関根と申します……」

「わぁ、美人さんの担当で良かったよ。ビジネスの話にも、花が咲くからね」

「それでは早速、当社からのご提案をさせていただきます！　じゃ、関根くん」

耳鼻科は他の科と違い、必要な医療機器がやたらと多い。

診察台も上下に動いて背もたれはリクライニングするやつだし、喉頭《こうとう》ファイバー、吸引器、レントゲンなど、高額な機器がたくさん必要だ。おまけにオートクレーブ《高圧滅菌》処理しなければならない鋼製器具は、各種鉗子《かんし》、耳鏡《トレルチ》、喉頭捲綿子《けんめんし》、切開器具や舌圧子《ぜつあつし》などなど、吸引チューブ系も含めれば他の科の比ではない。

「で、ではまず耳鼻科用の診察椅子《アームチェア》ですが――」

だからプレゼンは篠崎さんがやった方が明らかに効率がいいのに、女だという理由で当然のように全部あたしがやるハメになるのだ。

「――こちらが資料になりま……あっ！」

緊張のせいか、資料を落としてしまった。

「ははっ。関根さん、本当にまだフレッシュなんだね。営業、何年目？」

これは危険なサインで、話が器具のプレゼンから個人的なことにシフトしている。

つまり仕事の話なんて最初から聞く気はない、ということだ。

「っと……つい2ヶ月前に、異動で……はい」

「そうなんだ。それでぎこちないんだ」

ちょいワルおやじ風の院長は、チラッと腕時計を見ている。

それはつまり、もうプレゼンタイムは終了ということ。

最初は信じられなかったけど、形だけの5分で終わる営業も普通にある。

「どうも、すいません！　お忙しいのに、お時間ばかり取らせちゃって！」

笑っているのは口元だけで、篠崎さんの目は笑っていない。

それは何もプレゼンできなかったあたしに対する、強烈な苛立《いらだ》ち。

それを肌で感じると、体が無性に痒くなってきた。

「あれ？　どうしたの、関根さん。それ、蚊に噛まれた？」

「え？　あっ……」

腕の内側には、消えたはずのじんま疹がハッキリと浮かんでいた。

嫌な汗が噴き出すと、それに釣られて太ももや脇腹にまで痒みが広がっていく。

「なにか、アレルギーでもあるの？」

「いや……これは、その」

こんなにも早く、じんま疹は精神状態に反応するのだろうか。

篠崎さんの眉間《みけん》に一瞬だけしわが寄ったのを、あたしは見逃さなかった。

「すいません。どうも、そういう体質らしくて」

「へー、そうなんだ。大変だね」

あたしのじんま疹は、あっという間に全身に広がり始め。営業話どころか、愛想笑いすらできる状態ではなくなってしまった。

短すぎる営業を終えて、深々とお辞儀をしながらクリニックを出ると。

予想通り、篠崎さんの不機嫌は爆発寸前だった。

「オマエのじんま疹てのは、アレか⁉　自分の意志で、都合良く出したり消したりできるモンなのか！　あぁ⁉」

「そんなこと、できるわけ」

「そのじんま疹、19時までに消して来い。次の営業は、ムダにしたくねぇからな」

「む、無理ですよ……」

もう、なにを言っているか意味すらわからない。

威圧的で高圧的な篠崎さんの罵声を浴びせられているうちに、じんま疹はどんどん酷くなっていく。痒みは手足や脇腹だけでなく、ついに頬まで痒くなってきた。

いまいち信用していなかった、小野田先生の言葉が甦《よみがえ》る。

——明らかに営業がストレスになってるって、自分でも気づいてるでしょ。

あたしは、この営業という仕事が大嫌いだ。

――自分でも原因がわかってるのに、それを止めようとしないから。

人前でプレゼンするのも、接待するのも、競合他社を出し抜くのも、嫌で仕方ない。

それは気の持ちようでも、慣れでも、練習でも、根性でも、どうしようもない。

――ストレス・フリーに生きる。少なくとも、今の仕事は辞めることじゃない？

この場をどうやってやり過ごせばいいか、途方に暮れていると。

まるで救いの手を差し伸べるように、スマホが鳴った。

「……すいません、電話が」

「誰だよ！　仕事の話より大事なヤツだろうな⁉」

画面に表示されていた名前は、少しも救いにはなりそうになかった。

「……父、からです」

「あぁ？　見せてみろ」

画面の「父・杜夫《もりお》」という文字を見せて、ようやく納得してもらえた。

ここまで信用されていないのかと思うと、情けなくて涙をこらえるのがやっとだ。

「ともかく、じんま疹は消して来いよな。それからここへ、18時に集合。なんだよ、使えないにもほどがあるわ」

「すいません……よろしく、お願いします」

なんで悪いことは、こうも重なるのだろうか。

大股で去って行く篠崎さんを見送り、出たくもない画面の「受信」をフリックした。

「……なに、父さん」

『菜生か。ちょっと確認するんじゃけど、今の仕事はどうなっとるんや』

いつだって父さんにとっては、あたしも母さんも部下みたいな存在。

元気にしてたか、なんて社交辞令もない。

こんな時間にいきなり電話をしてくるのも、別に急用があるわけでもなく。

ただの思いつきや、業務連絡に近い感覚なのだ。

「さすがに慣れたけど……ちょっと今は、異動になって」

『どこへ？』

「え、営業……だけど」

『営業？　いつからや』

電話の向こうで、鼻で笑っているのがわかる。

でもここで感情的になっても、いつも会話が不利になるだけだ。

「……2ヶ月前。っていうか悪いけど、今あたし仕事中で」

『そりゃあ、ちょうど良《え》かったわ。来週、広島《こっち》へ帰って来いや』

「どうしたの、急に。何かあったの？」

そしていつでも命令口調で、あたしの気持ちや事情なんて関係ない。

それは母さんに対しても、あたしが物心ついた時から同じだ。

『世話んなっとる取引先の専務さんから、お見合いの話をもろうたんよ。おまえを子会社で、経理事務として雇うてくれる言うてくれてんじゃけぇ、断る手はなかろう』

「――お見合い⁉」

『どしたんや。結婚しようかぁ思うとる、彼氏でもおるんか』

「いや、別に……」

『おまえの性格は、ワシが一番よう知っとる。営業なんか、できるわけあるかい。人の前に立って、堂々と胸ぇ張って、人の目ぇ見てしゃべれるんか？　毎晩「びったれ」みとうに泣いて目ぇ腫らして、胃が痛《いと》うなるんじゃろう。違うか？』

そうか、篠崎さんの口調は父さんと似ていたのだ。

特にこの「違うか？」という口癖に、なぜ気づかなかったのだろう。

そしていつの間にか、じんま疹の痒みはさらに強くなっていく。

「なんで、この歳で泣くとか……」

そう言いかけて、目の前が涙で歪《ゆが》んでいることに気づいた。

それが悔しくて腹立たしくて、絶対に鼻だけはすすらないよう涙を拭った。

すると今度は、両目のまぶたが腫れぼったくなってしまった。

『ワシャ、よう忘れんで。高校受験の第1志望は、面接で2行しかしゃべれんで』

「やめてやね。今さら、そよな昔の話を出すこたぁないじゃん……」

だから入試の答え合わせは合格ラインだったのに、第1志望には受からなかった。

もう10年以上前の話も、父さんにとっては昨日のことなのだろう。

体中が、痒くて痒くて仕方ない。

『そんな簡単に、おまえの性格が変わるもんかいや』

「……ウチかて、もう28なんよ？　高校生のまんまでおるわけ」

『ええけぇ、黙って聞けや。斡旋《あっせん》してくれちゃった仕事場はのう、うちの家からも近いんよ。ほしたらおまえ、将来は2世帯住宅にしてワシらと一緒に住みゃあ』

「なんでウチの将来まで勝手に決めよるんね」

気づけば声は大きく、必死で消したはずの広島弁が全開になっていた。

ここは東京で、さほど他人に興味を示さない街。それでも聞き慣れない方言は、赤羽の路上でも人目を惹いてしまう。

『ワシの言うこたぁ、間違《まちご》うちゃおらんけえ。言うことを聞いて』

「もう、ええよ……切るけぇね。電車に乗るけぇ、しばらく電話に出れんよ」

スマホをカバンに放り込み、ハンカチで涙を拭いたけど。これはもう痒くなったというより、目がシバシバして開けていられないレベル。しゃべり続けていたせいか、唇まで痛くて熱《ねっ》ぽい。

せっかく週末で良くなったのに、たった数時間でじんま疹はぶり返してしまった。

悔しいけど、また小野田先生の言葉が脳裏をよぎる。

――たぶんその性格だと、またすぐにじんま疹が出ると思うからさ。

あの先生には、すべてお見通しだったということだろうか。

今から急いで西荻窪へ行けば、またあの薬をもらって――。

「何かお手伝いできること、ありますか？」

若いスーツ姿の女性が立ち止まって、あたしをのぞき込んでいた。

「……はい？」

それは最近よく見かける、助けを必要としている人にかけるべき言葉。

まさかそれが自分に向けられるとは思いもしなかったし、その理由も分からない。

「あの、なんだか……その、お顔が……」

同じ女性だからだろうか、気を使って言葉を選んでくれているけど。

それは、顔にまでじんま疹が出てしまっているということかもしれない。

「い――ッ!?」

鏡を出して顔を見た瞬間、誰が映っているのか分からなかった。

両まぶたは赤く腫れ上がり、唇は篠崎さん以上にタラコ状態。これはあたしが知っているじんま疹ではなく、試合で激しく殴《なぐ》られたボクサーか、DVを受けて家から飛び出した悲惨な被害女性のようだ。

「救急車か警察、呼びますか？」

「あ、いや……これ病気なので、大丈夫です……」

ぜんぜん大丈夫じゃないけど、その女性は「病気」と聞くとすぐに去って行った。

謎の疫病《えきびょう》と勘違いされても仕方ない顔だけど、今はそれどころじゃない。とりあえず腫れ上がった唇は咳エチケット用のマスクで隠せるとして、両目はサングラスで隠すしかない。この近くにディスカウント・ストアなんて、あっただろうか。

ハンカチでおでこからまぶたまでを隠した、マスク姿の不審なアラサー女。

幸いにも近くで、千円サングラスを手に入れることができたけど。酷暑にマスクとサングラスの組み合わせは、職質を受けるレベルでさらに不審になっていた。

この姿で西荻窪まで行くのは無理だし、絶対また声をかけられるに違いない。

確か小野田先生がくれた薬は、プレドニゾロン錠という名前だったはず。

「とりあえず、どこか病院でそれをもらえば――」

近くのビルに「松真《まつま》消化器内科・アレルギー科クリニック」と看板があった。

この症状が果たしてじんま疹かどうか、あたしには分からないけど。アレルギー科と書いてあるぐらいだから、少なくとも薬は出してくれるだろう。他を探す余裕もなく、あたしはビルの2階へと駆け込んでいった。

そこは古めだけど清潔な院内で、誰もいないソファでの待ち時間は10分ほど。

呼び出しマイクもなく、看護師さんに名前を呼ばれて診察室に入ることができた。

「今日は、どうしたの？」

座っていたのは、太い黒縁メガネのお爺《じい》ちゃん先生。長白衣の前は閉じて比較的清潔にしているけど、何故かベテランという風格が感じられない。

「あの……実は、目と唇が腫れてしまって……」

サングラスとマスクを外すと、お爺ちゃん先生は明らかに動揺していた。

「どうしたの⁉　これ、いつから⁉」

「目と口は、今日からなんですけど……他にも体中に、じんま疹が出て」

「じんま疹？　なんのアレルギー？」

問診票にも書いたのに、やっぱり見てくれない。

だったらあの問診票を書く意味って、何なのだろうか。

「TK大学や他の病院では『特発性じんま疹』と診断されました」

「じんま疹で、こんなに目や唇は腫れないはずだよ。何か、別のものじゃないかな」

「……そうなんですか？　あの、今までの検査結果のコピーもありますけど」

「あ、それを先に見せてよ」

新しい病院へ行くたびに何度も採血されるのは嫌なので、データは持ち歩いている。

でもそれを見て、うーんと腕組みをしたままお爺ちゃん先生は考え込んでいた。

とりあえずじんま疹に、プレドニゾロン錠を出してくれないかな。

「お薬手帳、ある？」

あります――と渡したあとで、ハッと気づいた。

小野田先生の診療所と裏にある薬局には、処方シールなんて存在しない。あの薬が2日で効いたのは間違いないのに、それを証明するものがないのだ。

ただそれを見たところで、お爺ちゃん先生はさらに「うーん」と唸《うな》るだけだった。

「私はじんま疹、あまり専門じゃないからなぁ」

思わず耳を疑った。

表の看板には「消化器内科・アレルギー科クリニック」と書いてあったはずだ。

「え？　でもここ、アレルギー科じゃ」

「そりゃあ、消化器内科の専門医資格は持ってるよ？　アレルギーだって喘息の方の処方とか、アトピーの軟膏なんかは出せるけど……あなたのはちょっと、専門外だね」

アレルギーは、喘息とアトピーだけではないはず。

じんま疹も診れないのに、なぜ看板にはアレルギー科と書いてあるのか。

だけど今、そんなことはどうでもいい。

ともかく、なんとしてでもお薬だけは出してもらわないと。

「あの……前の病院では『プレドニゾロン』というお薬が、効いたんですけど」

それを聞いた瞬間、お爺ちゃん先生が露骨に表情を変えた。

「お薬手帳にはないけど？」

「あ、それは……ちょっと貼り忘れて」

「そういう素人判断が、一番良くない」

椅子の背にもたれて振り向くと、さっきまでと違うオーラを纏《まと》っている。

「けどそのお薬で、じんま疹が2日で消えて」

「そんな『強い薬』を簡単に出すなんて、ありえないし――」

小野田先生に「強い薬ですか」と聞いたら「ぜんぜん」と即答された記憶がある。

たとえそれが強い薬でも、今この症状にはまさにそれが必要ではないだろうか。

「──それにプレドニゾロンは、じんま疹に『保険適用』がないの」

「……適用、ですか？」

「難しい話をするとね。『保険診療』で薬を出す時は、こういう疾患にしか処方しちゃだめっていうルールがあるの。プレドニゾロンなら、膠原病《こうげん》とかリウマチとかね。薬疹や中毒疹《ちゅうどくしん》ならともかく、初診のじんま疹に対して外用も試さずに出せないの」

あたしのじんま疹なら、あの薬が必要だと小野田先生は言っていたのに。

もしかすると、これが保険診療と自由診療の違いなのかもしれない。

「じゃあ、あたしのこの症状……その『中毒疹』とかっていうやつでは」

「私に嘘の診断をしろって言うのか！」

「い、いえ……すみません、そういうことでは……」

小野田先生は普通にサラッと出してくれたというのに、まさかこれほど激昂《げきこう》されるとは思ってもいなかった。

また全身のじんま疹が、痒くてたまらなくなっていく。

「せ、先生……ありがとう、ございました」

「えっ⁉ その顔、どうする気なの⁉」

結局あたしのじんま疹をちゃんと診療してくれたのは、皮肉にも小野田先生だけ。

女癖が悪くて、チャラくて、テキトーで。カフェか居酒屋か分からない診療所で、白衣を着て炊飯器でケーキを焼いていた、あの小野田玖真先生だけなのだ。

「お手数をおかけして、すいませんでした……」

「医師会にクレームとか入れられても、私はちゃんとした手順で診療を――」

「……失礼します」

それでも意地になったのか、お爺ちゃん先生は処方を出してくれたけど。

それは問診票に「効かなかった」と書いた、抗アレルギー剤と軟膏だった。

「もう……こんなの、ヤだ……誰も、助けてくれないし……誰も」

残された選択肢は、西荻窪にある古民家診療所の小野田先生だけ。

サングラスにマスクという、怪しい姿のまま。

ただひたすら痒みと顔面の苦痛に耐えながら、西荻窪を目指すしかなかった。

▽▽

中央線に揺られながら、たぶん泣いていたのだと思う。

まぶたと唇は腫れ、全身はじんま疹で酷く痒い。

そのうえ連絡を入れた篠崎さんからの罵声は、スピーカー出力にしたのかと思うほどスマホから響いた。仕方ないのでビデオ通話に切り替えて、サングラスとマスクを取ったら、さすがの篠崎さんも2秒ほど凍りついて言葉を失った。そのあと「今日はもういい」とだけ言われ、思わず「優しい」と感じてしまった自分が悔しい。

でも篠崎さんに西荻窪の病院へ向かっていると伝えると、お決まりのように診療明細と診断書をもらって来いと念を押された。

この顔を見てもまだ疑うなんて、あり得ない。

そんなことすらどうでもよくなったころ、草木が生い茂って中の見えなくなっている古民家の前にようやく辿り着いた。小さな門を開けると、入口まで続いている石畳がある。

ここは間違いなく『んん診療所』だ。

「すいません……こんにちは……」

女性が刃物を振り回していたらどうしようかと思いながら、入口を開けると――診療所の中ではカウンターに女性がひとり座っているだけで、拍子抜けしてしまった。

「おっ？　お忍び旅行中の、ハリウッドセレブかな？」

相変わらず淡泊そうな切れ長の目でテキトーなことを言う、イケメンドクター小野田玖真。今日もカウンターの中で白衣を羽織り、患者さんらしき女性とコーヒーを飲みながら話をしている。

「よ、よかった……居てくれた……」

緊張が解け、崩れるように端のカウンター席に座り込んでしまった。

「そうか。ついに女優さんにも、ここがバレてしま――」

目の前まで来た先生は、急に軽口を止めた。そして長く綺麗な人差し指で少しサングラスをずらし、他から見えないようにあたしの腫れ上がったまぶたを確認した。

「――先週の金曜に来たばっかりの、関根さんか？」

「はい……覚えていてくれたんですね」

真顔になった先生は、マスクにも指をかけて中を覗く。

「いつから、この状態？」

「今朝……っていうか、数時間前からですけど……これって」

「見たことないだろうけど、これもじんま疹の一種だ。前のやつは消えたの？」

「はい。2日でほとんど消えたんですけど……また」

「……可哀想に、どんだけ営業が性に合ってないんだよ」

先生に大きなため息をつかれたけど、それにはあたしも同意します。

「まぶたと唇は痒い？」

「他のじんま疹ほど、痒くは」

「やっぱり、痒くないか」

「……さっき別の病院へ行ったんですけど、あのお薬は出してくれなくて」

「それは残念だったけど。どのみちこの状態には、別の治療が必要だから」

「え……」

「こいつはじんま疹のラスボス、血管神経性浮腫《けっかんしんけいせいふしゅ》――別名『クインケ浮腫』だ」

「ど、どうすれば……」

「治療するから、ちょっと待ってて。木暮さんには、帰ってもらうかな」

うんうん首を捻《ひね》らなくても、小野田先生は見てすぐに診断してくれたものの。

カウンターに座ってコーヒーを飲んでいる女性を、困ったように眺めていた。

「帰ってもらって、大丈夫なんですか？」

「大丈夫。でも、なにがあったのやら……このところ毎日、うちに来てるんだよね」

「婚活、うまくいってないんですかね……」

「……なにそれ、なんの話？」

「前に来た時も居られましたよね。あの時も思ってたんですけど――あたしより年上で、たぶん30代半ば過ぎ。結婚指輪なし。雑誌で見たことのある『男ウケするメイクとヘアスタイル』で、平日の朝から仕事に行かなくていいのは、自宅住まいの可能性が高いのかなって」

「待って、待って……どういう意味？」

「いじり続けていたスマホ画面はメッセージのやり取りと……遠くて確信は持てなかったですけど、たぶん婚活サイトのトップページのような気がして」

前回と今回であたしが気づいた印象を、全部話してみたところ。

驚いた先生が、カウンターから身を乗り出して小声で聞いてきた。

「ちょ……それ、ぱっと見ただけでプロファイルしたわけ⁉︎」

「そんな大袈裟なものじゃなくて……その、人間観察が趣味なんで」

「いやいや。それをプロファイリングって言うの」

「違います……そんなことぐらいしか、趣味がないだけです……」

ほうっとため息をついて、小野田先生が腰に手を当てて何やら考えている。

「それで、不眠と不健康なダイエットか。なら話は早いや、ちょっと待ってて——」

木暮さんの所へ戻ろうとしていた小野田先生が、急に立ち止まった。

「——あ、そうだ。賭《か》けない？」

「はい……？　え、なにをです？」

「関根さんの言う通りだったら、そのじんま疹はタダで徹底的に治療する」

「いや、ちゃんとお金は払いますから……賭けるとか、そういうのは」

この先生は、真面目と不真面目の境界線がわからない。

ただ、悪い人じゃないのは確かそうなのだけど。

「その代わり外れてたら、飲みに付き合ってよ」

「む、無理ですよ。こんな顔で、じんま疹も辛くて……」

「なに言ってんの。治療したあとに決まってるでしょ？」

切れ長の目で口元に笑顔を浮かべられると、なんだか妙に安心してしまった。

つまり先生はどのみち、あたしを治療してくれるということなのだ。

先生が木暮さんの前に戻って、ひとこと、ふたこと、なにやら話しかけると。遠目にもわかるほど顔色を変えて、木暮さんは気まずそうにうつむいた。そして何かお薬をもらうと、静かにカウンターを立って出て行ってしまった。

なんだろう、このブツ切り感。

大丈夫かな、木暮さんには何て言ったんだろう。

「関根さーん、すごいな！　木暮さん、結婚相談所に登録して婚活してたよ！　関根さんの勝ち！　約束通り、タダで徹底的に治療しましょう！」

「あの……木暮さんは」

「あ、それは解決したから。奥の処置室へ、いらっしゃーい。点滴、始めるよーっ」

「点滴……処置室って？」

「だってもう、内服とか言ってる状態じゃないから」

それだけ言うと先生は内線を取って、隣にあるという「をん薬局」へ連絡した。

「颯か？　静注《じょうちゅう》用の生理食《せいしょく》塩水５００、ヒドロコルチゾンコハク酸エステルナトリウム５００……20％のブドウ糖液も２管かな。あと、ヒドロキシジン塩酸塩も１Ａ《アンプル》」

「なんか……病院みたいですね」

「病院みたいって。ここは診療所で、オレはそろそろ医者10年目なんだけど」

全身の酷い痒みに耐えながら、居酒屋風の店内の奥へ行ってみると──ちゃんと、というか整骨院と間違うぐらいのスペースが広がっていた。

清潔にしやすくするためか、床は木目調なのに隙間のないタイル張り。カーテンの間仕切りがついたベッドがふたつ。当たり前だけどカフェか居酒屋っぽいカウンター式診察室とは違い、病院独特の消毒してある匂いがほのかに漂う。

でも絶対、どこにでも冷蔵庫とコーヒーメーカーが置いてあるのは何故だろうか。

「ほら、横になって。もうその怪しいお忍びサングラスとマスク、はずしていいよ」

「え、選ぶ余裕がなかったんです」

ははっ、と先生は笑いながら。冷蔵庫の隣にある薬品棚やシンクの引き出しから医療器具を取り出すと、慣れた手つきでつなぎ合わせ始めた。

そして注文の医薬品をカゴに入れて持って来た、相変わらずガラの悪そうな薬剤師の颯さんは、やっぱり派手なテラテラした紫の襟シャツと黒のジャケット姿。これはもう「をん薬局」の制服と考えた方がいいのかもしれない。

「はいよ、一式。他は？」

「お、サンキュー。抗生剤《こうせいざい》はいらないと思うけど、何か混注《こんちゅう》するならまた呼ぶわ」

「了解」

チューブの繋がれた見たことのある点滴セットが、あっという間に組まれると。先生はあたしが横になったベッドのそばへ、椅子もなく床に直接ひざまずいた。

横を向くと、間近に先生の整った顔がこちらをじっと見ている。近くで目線の高さを合わせられるだけで、こんなにも安心するとは。

「消毒のアルコールで、かぶれたことは？」

「ないです」

すぐに左腕の袖をまくり上げられ。

カラフルなゴム管で肘《ひじ》上を縛《しば》られると、シャシャッとアルコール綿で消毒された。

「1、2、3で刺すから。ちょっと、チクッとするけど」

「え、あっ——痛《いた》っ！　まだ、数えてなかったのに……」

「ふはっ。遅い、遅い。24G《ゲージ》の細い小児用だから、安心して」

トンボの羽みたいなプラスチックが付いた、冷たい針ではなく。細長いプラスチックの先に針の付いた一直線のものを刺され、赤い血が逆流してきたかと思うと溢《あふ》れる前にそのプラスチックごと針をスポンと抜いて、短い先頭部分だけが残された。

そこへ点滴セットのチューブを繋ぐまで、ほんの数秒ほど。

「……終わり、ですか？」

「針を抜いて血管内に留置するタイプだから、寝返りをうっても大丈夫だぞ」

つまり、点滴は刺し終わったということ。

ここへ来て見ただけで診断し、点滴処置が終わるまで20分も経っていない。

「点滴の中身はプレドニゾロン錠のスーパー・パワーアップ版と、超ウルトラかゆみ止め。激しく眠くなると思うけど、寝て起きたら消えてたりして――」

子ども向けの説明っぽかったけど、すごく効きそうなのは伝わってくる。

安心したせいか、いつの間にか出てきた涙で目の前がぼやけてしまった。

「――ちょ、なんで泣くの。点滴の刺入部《しにゅうぶ》が痛い？　あーっ、待て待て！　目を擦《こす》っちゃだめだって！　まぶたの腫れが、いつまでも退《ひ》かないから」

「す、すいません……なんか、なんで……泣いてるか、わかんないです……」

穏やかな笑顔でため息をつくと、小野田先生は処置室にもあったコーヒーメーカーで自分用にコーヒーを淹れ、カップと円椅子《まるいす》を持って戻って来た。

まぶたはまだ腫れてよく見えず、唇も腫れてしゃべりにくいけど。

先生の飲んでいるコーヒーのいい匂いだけは、なぜかあたしを落ち着かせてくれた。

「泣いてる理由は、わかんなくてもいい。でもストレス性のじんま疹がどういうものか、どれだけタチの悪いものか。それだけは、わかってくれた？」

「……はい」

「それでもまだ、今の仕事を続けるつもり？」

コーヒーの湯気を揺らしながら、先生はあたしをじっと見ている。

「だってあたし、もう28ですし……転職するにしても、何か資格がないと」

「えっ、あるじゃん――」

残りのコーヒーを一気に飲み干しながら、小野田先生は平然とそう言った。

「――資格じゃなくて、技能。関根さんが言うところの『スキル』ってやつ」

「あの、そんな風に慰《なぐさ》められても……あたし、嬉しくは」

「違う違う、慰めじゃないって。え、本気で気づいてないの？」

「はぁ……」

もちろん、これといって思い当たるものはない。

だいたい小野田先生と会うのはまだ2回目で、あたしの何に気づいたというのか。

「じゃあオレの予想が当たってるか、確認してみよっか。この前、初めてうちに来た時のことを思い出して」

「あ、はい……」

「第1問、まず簡単なやつからね。この前ソファ席に陣取って、タブレットで作業してた女性。あれ、どんな人だと思う？」

「……平日の朝、ゆるくてラフなコットンの普段着、スッピンかナチュラルメイク、まとめた髪に寝グセなし。二の腕の感じがあたしと似てたので、年齢は同じぐらい。左手に指輪をしているかは、ディスプレイで見えませんでしたけど……タブレットとキーボードで『原稿』といえば、ライターさんか、作家さん。お仕事にはわりと慣れてる感じがしたので、デビュー直後じゃないのかなと」

「おいおい、おい……ぜんぶ当たってるわ。デビュー5年目の作家さんだけど健康管理がザルみたいな人で、放っておくと普通に脱水と低血糖で倒れるんだよ」

「あ、そうなんですか……」

「そうなんですかって……先生、驚いちゃったよ。じゃあ第2問は、ちょっと難しくしよう。そのあとに来た、若い兄さん。あれは、どんな人でしょうか」

「20代男性で、ネクタイなしのスーツ姿でフレックスの出社。靴も綺麗で着る物には気を使ってる。左手の薬指に指輪なし。でも持ってたタオル地のハンカチが紫に黒の女性用ブランド物だったので、彼女アリか同棲中か……あっ、でもここでうどんを食べてたぐらいだから、同棲はないかも」

「なにそれ……普通、そこまで気づく？」

「ただ少なくともバレンタインとかに、そういう物をもらえるぐらいにはモテる人だろうなと思います。スマホの入力がローマ字で、早くて長文だったというだけですけど……もしかしたら、お仕事はＩＴ系ですかね」

小野田先生はポカンと止まったまま、瞬きを忘れてつぶやいた。

「……正解。データバンク系のITで、彼女が最近できたばかりだ」

「やった……また、あたしの勝ちですね」

「なぁ、関根さん。今の仕事を辞めて、ここでバイトしないか？」

コーヒーカップを置いて、小野田先生がベッドサイドに座った。

話が急な角度で進路を変えすぎて、その意味が理解できない。

「……はい？」

「自分では気づいてないみたいだけど。そのプロファイリング能力、すごいって」

「いや……これは何の役にも立たない、ただの趣味っていうか……人間観察で」

「正社員にこだわるなら社保《しゃほ》はないし、社宅もない。でもオレと颯は1階に住んでるから、2階を好きに使ってもらえばいい。もちろん食事は3食、関根さんが食べたい物、好きな味の物だけをオレが作る。それを福利厚生《ふくりこうせい》としてもらえないかな」

「そんな、急に……だいたい、なんであたしがこの診療所に必要なんですか？」

先生は無意識なのだろうけど、横になったあたしに体をぐいっと近づけた。

「診療での問診は『いかに多くを短時間で聞き出すか』も重要だが、『聞き逃さない』ことの方がより重要なんだよ。いくら患者が話をしてくれても、大事なキーワードを聞き逃す研修医を山ほど見てきた。これはもう、センスとしか言いようがない」

確かにあたしも病院で、必死に症状を話した時。キーボードをバチバチ叩かれたり紹介状を読みふけったりして、ちゃんと聞いてもらっているか不安なことが多かった。

「それから視診《ししん》──つまり『見ること』は皮膚疾患だけでなく、呼吸の仕方、顔色、爪の色、身なりや着衣の乱れ、視線、診察室に入ってくる時の姿勢から椅子への座り方に気づくだけで、ある程度の疾患が推測できたり、除外できたりすることがある」

それを聞いて、じんま疹で受診したのに見てくれもしなかった病院を思い出した。

「でも……それなら先生の方が、お医者さんだから経験が」

「今まで多くの研修医やコメディカルを見てきたが、関根さんのプロファイリング能力とセンスは、群を抜いて優秀だ」

「だから、あたしのは……プロファイリングだとか、そういうのじゃなくて」

人間観察なんて誰にも知られることのない、ただの地味な趣味だった。

いきなりこの診療所でバイトしないかと言われて「ハイお願いします」と即答できるほど、あたしには勇気も決断力もない。

「なぁ、関根さん。続けてたこと、慣れてたこと。それを辞めるのって、怖いよね」

「……怖いですよ。すごく、怖いです」

「けど、考えてみなよ──」

だいぶ腫れのひいたまぶたをしっかり開けると、先生が真顔で見おろしていた。

その真剣な眼差しは、とても冗談を言っているようには思えない。

「――じんま疹が出るぐらい嫌な仕事を続けなきゃいけないほど、関根さんの人生って安いの？」

いつも引き気味だったあたしの意識を、その言葉が一歩前へと押し出した。

「あたしの……人生の、値段ですか？」

「値段なんて安っぽい物じゃない。価値だよ、関根さん自身の価値」

「でも、料理は壊滅的にだめですし……そういうお手伝いは」

「大丈夫。あれほど人を観察できる人間なら、料理なんてあっという間に覚えてしまうから。オレの話、聞いてくれてた？　大事なのは、そんなことじゃなくて」

「だって、あたし……なにも自信、ないです」

なぜか無意識に、父さんと母さんの姿を思い浮かべていた。

まるでスタートからゴールまでのコースが決められた一本道を、そこから外れないためのルールに従いながら走っているだけのような父さん。

結婚と出産が女の幸せだと信じて疑わず、あたしにもその価値観を子どもの頃からずっと教え続けてきた母さん。

ふたりの価値って、何だったのだろう。

もしかしたら、ふたりにもやってみたいことがあったのかもしれない。

「他にも関根さんにとって、特典があるぞ」

「……なんです?」

「オレは、いつでも関根さんのじんま疹を治せる。つまり、三食と主治医付きだ」

「先生が、あたしの主治医……」

まっすぐな先生の視線は、決してあたしから離れようとしない。

「死ぬまで同じ道を往復しなきゃならない歳でもあるまいし——1回ぐらい、別の道を歩いてみないか」

その鋭くて優しい視線が、心のやわらかい場所にそっと触れる。

それはあたしをぐるぐる巻きに縛っていたロープを、ほどいてくれるものだった。

「別の、道……」

「……関根さん？」

全身の痒みが薄れ、体中の筋肉から力が抜けていく。

そのうえ体がポカポカして、逆らえない眠気で泥の中へ引きずり込まれるようだ。

「……なんか、めちゃくちゃ……眠く、なってきて」

「えっ、ここで!? 待って、返事は!?」

「これ……ホントに、逆らえないぐらい……眠く、なります……ね」

「いやいや、寝る前に返事を！　オレをひとりにしないで！」

そんな薄れゆく意識の中、ひとつだけハッキリと理解できたことがあった。

これほどあたしの背中を押してくれた人は、今まで誰もいなかったということだ。

第2章　自由すぎる診療所

小野田先生の、あの言葉があたしの背中を押した。

——嫌な仕事を続けなきゃいけないほど、関根さんの人生って安いの？

あたしの人生はそんなに高くないけど、そんなに安くない。

——死ぬまで同じ道を往復しなきゃならない歳でもあるまいし。

あたしはまだ28歳で、もう28歳。

1回ぐらい別の道を歩いてみるには早すぎず、遅すぎもしないと結論を出した。


そして平日の月曜日、午前10時30分。

誰も居ない「んん診療所」のカウンターの中に立ち、教えてもらった通りに作った適度に泡立つ牛乳多めのカフェオレを飲んでいる。ちゃんとメモした通りに作ったら、普通にカフェで飲む味——というか、あたし好みの味になっていた。

「こういう味……好きなんだよね」

あたしは苦痛な営業の仕事を辞めて、先週からここで住み込みのバイトを始めた。

さようなら、乗車率199％の通勤列車。

誰もあたしの勇気を褒《ほ》めてはくれないけど、あたしはあたしを褒めてあげたい。

もちろん今の時代「住み込み」に抵抗はあったけど、収入がゼロになれば家賃が払えないのは当たり前で。思い切ってアパートを引き払い、この西荻窪にやって来た。

小野田先生は1階の奥の部屋で、薬剤師の八木さんは裏庭にあった「離れ」に住んでいる。つまり住み込みといっても2階はあたしだけで、10畳のフローリングにトイレまである。感覚的には、シェアハウスに近いだろうか。

「……1回だけ誘われたことがあったけど、あの時は考えられなかったなぁ」

しかもご飯はぜんぶ小野田先生が作るので当番制でもなく、個人の部屋以外の掃除はお風呂場も含めて、なぜか強面《こわもて》の八木さんが全部やってしまう。

「……八木さんっていつも無表情だけど、怒ってるわけじゃなさそうなんだよなぁ」

で、あたしは何をしているかというと——この1週間、まだ何もできていない。

医療系どころか何の資格も持っていないし、料理は壊滅的だし。そもそもこの診療所であたしが何の役に立つのか、いまだに理解できていない。だから「街の様子は知っておいて」と先生に言われて、ただ駅前を中心にウロウロしていただけだった。

西荻窪の駅周辺の規模は大きくなく、都会的でもなく、ともかく個人経営の小さなお店が多いというのが第一印象。とりあえず仕事帰りに一杯飲みたくなる焼き鳥系から、小洒《こじゃ》落《れ》たバルやレストランまで選び放題なのは間違いない。

北口の民家の並びや駅前から外れたところに、いきなりポツンと現れるケーキショップや雑貨屋は、隠しアイテムを探し当てた気分で楽しくて仕方ない。

南口から短く延びる「仲通街」にピンクの像が吊り下げてある理由はまだわからないけど、あの狭いアーケード内だけで取りあえずのお昼ごはんには困らなさそう。

小野田先生は「南口派」と言うものの、あたしには北口と南口の違いが全然わからない。あえて言うなら、北口は戸建ての多い静かな住宅街というだけだった。

「ヒマだなぁ……」

窓からの日射しは、今日も強い。こんな中を営業に回っていたことが信じられない。通勤なし、外回りなし、涼しいところで飲む自分好みのカフェオレは美味しい。

この古民家診療所が午前9時に始まるところをまだ一度も見ていないし、電話番をしていても電話が鳴ったことがない。小野田先生に聞いたら「来る人は前もって連絡を入れてから来るので大丈夫」と、ＯＫサインを出されてしまった。

つまり新患は、ほぼ来ないということ。

でもあたしが見てきた開業クリニックと違いすぎるのは、それだけじゃない。

「……ふたりとも、また12時前には帰ってくるかな」

小野田先生と薬剤師の八木さんは、駅前のパチンコ屋に月曜から金曜まで毎日、10時の開店前から「朝の散歩」と称して通勤レベルで並んでいた。それでも朝の散歩と言うだけあって、ふたりとも12時までには必ず帰ってくるのだ。

「さぁ、今日はどうでしょうか」

暇だと、ひとりごとが増える。

ゆっくりカフェオレを飲み終わって、洗い物をして、時計を見れば11時10分。

タイミングを見計らったように入口の引き戸が開き、ふたりそろって帰って来た。

「お？　関根さん、自分でコーヒー淹れたの？」

「すいません。使っていいと言われたので、つい勝手に」

「どう？　思い通りの味になった？」

「え？　あ、まぁ……教えていただいた通りにしただけなので」

「しっかし、暑《あ》っちいな。汗でベタベタだわ」

あたしがうまい具合に淹れられたカフェオレの話は、もう終わりなのだろうか。

先生はTシャツの胸元をバタバタさせて扇《あお》いでいる。

「先生、エアコンの温度を下げま――ちょ、先生⁉」

まだ残暑が厳しいとはいえ、いきなりTシャツを脱いで上半身ハダカになる――だけならまだしも、なぜここでデニムまで脱ぐのか分からない。

トランクス派で、妙に引き締まったムダのない体だということだけは分かったけど。

あたしが見せてしまったあの涙を、ちょっとだけ後悔してしまう。

「クマさん。関根さん、女子」

「知ってるよ。だから、全裸にはなってないだろ？　それより関根さん、オレちょっとシャワー浴びて来るから。そのあとで、そろそろレシピでも覚えてみない？」

「レシピ……なんのですか？」

「腹系《ハラ》のタレ」

「……タレ？　ハラ？」

ぜんぜん理解できないことを言い残し、先生はそのままお風呂場へ行ってしまった。

謎の自由診療所で最初に覚えることは、少なくとも「タレ」のレシピらしい。

勇気を持って1回ぐらい歩いてみた別の道だけど——あたし、間違ってないかな。

「このあと、来るんだよね」

「え？　八木さん、なんですか？」

「腹系」

「……はい？」

それだけ言うと、いつものように八木さんも奥の「をん薬局」に姿を消した。

八木さんもさっぱり性格が掴《つか》めない、やはり今まで見たことのないタイプだ。

「関根さん、お待たせーっ！」

「早かったで——」

まだエアコンの温度を、下げた方がいいということだろうか。

濡れた髪も、まだ半乾き。砂漠色っぽい迷彩柄のハーフパンツを穿いてくれただけで、上半身は裸のままだ。

「——あの、先生。Tシャツか、エプロンは」

「いらない、いらない。カレーこぼしても服が汚れなくて便利だし、海外の連中を見てみなよ。夏はだいたい上半身裸になって、庭先でバーベキューしてるでしょ」

理由がまたテキトーというか、斜め45度ぐらいズレているというか。

けっきょく半裸でせっけんの匂いをまき散らしている人と、シンクに並んで料理を作ることになってしまった。

「じゃあ……よろしく、お願いします」

「人間の微細《びさい》な不調を訴える原因になるのは、だいたい『水分』『糖分』『塩分』の、どれかが不足していることが多い」

レシピではなく、いきなり医学的な講義が始まったのは何故だろう。

でもとりあえずメモ、なにはともあれ全部メモ。

それがあたしの特技だし、いろいろ考えるのはそれからでいい。

「大雑把《おおざっぱ》に言えば『糖分』は『判断力』に影響する。いつもできることが上手《うま》くできないとか、集中力に欠ける時は、だいたい血糖が下がってる。早ければ2時間だ」

「低血糖……2時間」

「だるい、って症状は『脱水傾向』や『塩分低下』になってることが多いね。ひどい時は『頭痛』にもなるし」

「だるい、脱水……塩分……頭、痛……」

「あー、ごめん。もうちょっと、ゆっくり話すね」

「す、すいません……」

「塩分は意外かもしれないけど、体内の電気信号は塩に含まれているナトリウムのやり取りで成立しているシステムがわりと多いんだよね。ナトリウム・チャネルってやつで、神経、筋肉、内分泌なんかも、それでコントロールされていることがあるし」

全然ゆっくりにならないけど、がんばれあたし。

やたら医学的な内容が続いて、メモ帳は真っ黒になっていくけど。

医療機器の資料を作っていた時も、だいたいこんな感じだったし。

「それを考えれば必然的に、日本人なら料理に『しょう油』、それから甘さの因子として『砂糖』と『みりん』も外せないってことだね」

「えっ、しょう油⁉」

「調味料だけど……あ、急に料理の話になってた？　悪いね、なんか楽しくて」

「あ、いえ……こちらこそ、すいません。続きをお願いします」

「あとは『酒』を入れてアルコールを煮飛《にと》ばせば、だいたい和食っぽくなるし」

「和食は……お酒」

「うっわ、すごいメモ！　今までの話、全部メモしてるんだ！」

近い近い、上半身ハダカでのぞき込まないでください。

この先生、きっと距離感がないタイプの人だと思う。

「そ……それぐらいしか、取り柄がないので」

「じゃあ『砂糖はグラニュー糖』って、書いておいてくれる？」

「グラ……って、お菓子作りとかで聞くやつのことですか？」

「そう。スイーツにも流用できる汎用《はんよう》性と、溶けやすさが決めてなんだよ」

「了解しました」

切れ長の目に満足そうな笑みを浮かべた先生は、シンクの下から2L《リットル》ぐらいのペットボトルに入った「しょう油」を取り出した。

「しょう油は、これで決まり」

「……見たことない銘柄《めいがら》ですね」

「でしょ。九州から取り寄せてるんだよ」

砂糖はグラニュー糖で、しょう油は九州からのお取り寄せ。

こだわりなのか、それとも何か医学的な意味があるのか。

「スーパーで売ってるやつとは、何が違うんですか？」

「九州のしょう油は『甘い』のが特徴でね」

「しょう油が甘い？」

「体調が悪い時に、甘さは正義。塩《しょ》っぱさは『塩』に任せればいい」

「……じゃあグラニュー糖とかお酒とか、そういうのも何か決まった銘柄が」

「あとは、なんでもいいや」

こだわってるんだか、雑なんだか。

確かに食材と調味料をこだわり始めたら、キリがないとは思うけど。

「それでは『腹系のタレ』の材料を言います。メモのご用意はよろしいですか？」

「お願いします」

「しょうゆ、みりん、酒、全部40 mlずつ。砂糖を大きいスプーンで2杯。以上」

「え……？　ぜんぶ同じ量ですか？」

それはあっという間にメモできる内容で、あまりにも肩すかしだった。

「簡単でしょ。この計量カップで40、40、40 mlを計って混ぜるだけ。目分量さえせずに毎回キチンと計れば、毎回キチンと同じ味になる。経験則より計測だね」

スッと透明な計量カップを差し出されたので、やってみろということだろう。

言われてみれば、計量カップを使って料理したことは一度もなかった。

「料理ができない、苦手、無理、って言う人の78％は、まず計量をしないんだよ」

「そんな統計まであるんですか」

「いや、なんとなく」

先生のこういうノリにも、慣れていかなきゃならないのだろうけど。

前の職場に比べたら、ぜんぜん問題ないレベルだ。

まずは慎重にすべて40 mlずつ計量カップに入れていき、次にグラニュー糖を大きいスプーンで2杯――。

「――っと、先生？　砂糖は計らないんですか？」

「いいね、関根さん！　よく気づいた！」

「えぁっ⁉」

男子高校生の友だち同士みたいに、いきなり肩を組まれた。

先生、自分が上半身裸だって忘れてませんか？

「あ、ごめん……つい、勢いで」

「大丈夫です。ちょっと……色んな意味で、ビックリしただけなんで」

「労基《ろうき》とか、行かないでね？」

「い、行かないですよ」

「ありがとう。関根さんの理解に感謝します」

「いえ、こちらこそ……」

なんか、変な会話。

でも篠崎さんと仕事をしていた時にはない感覚で、これはこれで嫌いじゃない。

「実はうちにある大きいスプーン、すべて同じ容量でそろえてあるんだよ」

「あ、なるほど」

「砂糖なら1杯5g。もちろんその『1杯』の量には個人差があるけど……この誤差が、被検者10人でデータを取ったら1g未満だったんだよ。もう、ビックリ」

それはちゃんとデータを取ったんですね。

さすが理系というか、調味料も薬剤と同じ感覚なんですね。

「その1g未満の誤差を味覚で『違う』と感じ取れたのは、ひとりしかいなかった」

「そのひとりって、もしかして……」

「オレ」

「……あ、やっぱり」

「つまり料理を作る上では、時間的なコストパフォーマンスが悪いということ。だから砂糖は30gとか使わない限り、スプーン換算で十分なわけ」

「コスパですか……なるほど」

「ちなみに『しょう油』『みりん』『酒』がすべて同じ量なのも、理由は同じ。どれを35ml

にしても38 mlにしても、オレすら味の違いに気づかなかった」

「なるほど……だったら、キリのいい同じ数字の方が覚えやすいですよね」

そんな会話をしながら、調味料をすべて入れた計量カップを混ぜて砂糖を溶かしている間に、先生は冷蔵庫から「鶏《とり》挽《ひ》き肉」と貼られたパックを取り出した。

「あとは、オレがやってみせるから」

フライパンを取り出した先生は、吊してあった2種類のお玉の小さい方を使ってごま油を1杯入れた。きっとこれも、量が決まっているのだと思う。

「油は、和食系なら迷わず『ごま油』で決まり。洋食系とかサラダなら、オリーブオイル。できあがりの味なんて想像できなくても、なんとなく料理上手っぽい味になる。サラダ油は安いけど……ただの油にすぎないので、今は忘れて欲しい」

フライパンのごま油に指で水滴をピッと散らして、プチンと小さく跳ねるのを確認すると。先生は鶏の挽き肉を1パック全部入れて、全体がグレーになるまでヘラで炒めてから、あたしの作った「腹系のタレ」を一気に流し込んだ。

「あ、関根さん。冷凍庫から米を出して、レンジで解凍してくれる？」

「お米、ですか？」

「腹減ったから、昼にこれ食べようよ」

確かに時計は12時前で、しょう油とみりんとお酒がフライパンで煮詰まっていく匂いは、たまらなくお腹が空いてくるけど。

「あの、すいません……ちょっと今は、見ていたいので」

「見るって、なにを？　オレの手元とか、煮詰め方とか見るの⁉」

「そこがすごく大事だと思うんです。お米は、メモしてからでもいいですか？」

「えーっ、照れるじゃん……」

なぜここで照れるのか分からないけど、油が時々ハダカの上半身に跳ね返っているのは熱くないのか、そっちの方が気になった。それに先生はまったく火加減を調整せず、最初から最後まで同じだ。

レシピ本やサイトを見て理解できなかったのは、まずこの火加減の表現。弱火も中火も強火も、どれぐらいの強さなのか分からない。つまみの角度や目盛りはコンロでそれぞれ違うだろうし、何ジュールとか熱量の単位で書かれても困るし。

「写真、撮ってもいいですか？」

「えっ、待って。なんか着てくるべきじゃない？」

先生、なにか着るならもっと前からだと思います。

「……撮りたいのは火加減です」

「火加減？　ぜんぜんOKだけど……オレは画面に入らなくていいの？」

「これって、中火ですか？」

「スルーしたな。これは、やや強火」

「ややって、どれぐらいですか？」

「焦げる危険性が少し上がるぐらい、中火よりは強い――ぐらいの感じで」

どうしても先生が画面に入って来るけど、やはり画像に残しておくのが正解だろう。

最初はフライパンの中で煮立つだけだった「腹系のタレ」と鶏の挽き肉も、火加減そのままに先生が混ぜ続けていると、タレの茶色みが濃くなってきた。

「えぇっ、ここも撮るの⁉　まだ、なんの変化もないじゃん！」

「途中経過が大事だと思うんです」

「だったら『タレのサラサラ感が残ってるあいだはまだ早い』って書いておいてよ」

「了解です」

確かに、挽き肉がタレの中を泳いでいる感じがしていたのに。

さらに混ぜ続けていると、ある変化が起こったことに気づいた。

「もしかして、わかった？　鶏の挽き肉とタレが、なんとなく絡んできたでしょ」

「なんとなくですけど、少しとろみが出た感じと……匂いが変わりましたか？」

「いいね、そのセンス。匂いが変わったのは液体成分が少なくなって、調味料の密度が上がり、それが焼ける匂い――って、また撮るの⁉」

「今まさに、大事なところなので」

驚きながらも満足そうな顔をして、先生はコンロの火を止めた。

でもフライパンにはまだ少し「腹系のタレ」がゆるめのとろみ加減で残っている。

「ここに残っているタレは非常に糖度が高く、空気と混ぜるように冷ましていくと、カラメルみたいに挽き肉とよく絡むんだ。これ以上水分を飛ばすとフライパン上ではいい感じに見えても、食べる時の食感はもっと硬い状態になるからね」

「食べるまでの時間を、予測するんですね」

「パッサパサになった鶏そぼろ丼とか、嫌じゃない？」

「……ベタベタよりは、いいかなと」

「そっち派かぁ……まぁいいや、ちょっと食べてみてよ」

差し出されたスプーンで、できたての鶏そぼろをひとくち食べてみると。

甘じょう油味なのにしょう油感がほとんどなくて、塩っぽくなくて、なんか色々なコクがあって美味しい。子どもでも食べられる味というか、優しい味というか。

うまく表現できずに悩んでいると、いきなり診療所の入口が開いた。

「ども」

残暑の日差しに炙られた、白シャツの男性が弱々しく入って来た。

この人、前にも来ていた「胃弱《いじゃく》」のＩＴさんではないだろうか。

「よう、哲ちゃん。今日もバテてるなぁ——ほれ」

「ども」

先生がお水を出す代わりに、冷蔵庫から冷えたイオン飲料水を手渡す。

すると胃弱の哲ちゃんさんは青ラベルの見慣れたペットボトルを一気に傾けて、ガボガボッと半分ぐらい飲んでしまった。

ここはカフェでも居酒屋でもないから、これでいいのかな。

「じゃあ、今日も鶏そぼろでいいんだな？」

「すんません、急にお願いして。他は、あんまり食いたくなくて」

なぜか先生が、あたしの方を見てニコニコしていた。

「いや。うちも、ちょうどいい練習になるから。ね？　関根さん」

「は……？　えっ、あ……あたしが作るんですか⁉　だって、いま作ったやつが」

ラップを広げた先生は、作ったばかりの「鶏そぼろ」を小分けにして冷凍庫にポイ。冷凍庫といってもスーパーでアイスが詰められているような業務用フリーザーだから、いくらストックしても困らないとは思うけど。

「哲ちゃん、いい？　味はオレが保証するから」

「しゃっす」

「いや……あの、だって」

「ども。いつも先生に世話になってる、柏木《かしわぎ》哲司《てつじ》です」

「あっ、失礼しました！　わたくし、えっと——」

名刺を探すのは、もう条件反射になっていたのだろう。

エプロンのポケットを探しても、名刺入れがあるはずもない。

「——せ、先週からバイトをさせていただいております、関根菜生と申します！」

「先生と結婚したんですか？」

「け——ッ⁉　いえ、してないです！　バイトです！」

「てことで関根さん、ヨロシクね。ストックもあるし、まぁ気楽にやってみてよ」

あたしに向けて親指を立てたあとは、カウンターに寄りかかって柏木さんと話し始めてしまった先生だけど。どうやらさっき作ったやつは「あたしが失敗した時」のための予備だったらしい。

こういうさりげないバックアップが、営業時代にあれば——。

いや、今はそれより「鶏そぼろ」だ。転属3日目に右も左もわからないまま飛び込み営業をさせられたことに比べたら、たぶん大丈夫な気がする。

まず「腹系のタレ」は——なんでこれが「腹《ハラ》系」なんだろう。

いやいや、だめだめ。今はまず、しょう油とみりんとお酒を40、40、40、カップで計量して混ぜる。グラニュー糖はスプーン大で2杯。かき混ぜ、溶かし——。

「先生⁉　お肉は何gですか⁉」

「冷蔵庫の、ひとパック全部。残ったらストックするから、気にしなくていいよ」

「了解です！」

タレの用量は、お肉重量に対して決まってるものではないらしい。なるほどこうして作り置きしていけば、別の日には解凍するだけで簡単に１食できてしまう。結婚している人たちが大きい冷蔵庫を欲しがる理由が、少し理解できた気がした。

火加減は画像を見ればＯＫ、和食系ならごま油で、あの小さい方のお玉で１杯、指で水滴を散らして小さくプチッと言い始めたら挽き肉を投入、あとは火加減そのままで全体から赤身が消えてグレーになったら、腹系のタレを投入――。

水分の飛ばし具合というか、とろみ加減がいまいち心配だけど。ともかく火加減はそのままに、ひたすらかき混ぜ続けた。

そして格闘すること、わずか10分。

「で、できました！　先生、どうでしょう！」

いつの間にか小さめのどんぶりにご飯を準備していた先生が、スプーンでチョロッと味見をしてくれた。

えっ、無言ですか？

待ってください、もうそれご飯に盛って大丈夫ですか？

「はいよ、哲ちゃん。スプーンだろ？」

「ども」

あたしが、誰かにご飯を作って出してしまった。

あまり経験したことのない動揺で、心臓がバクバクしているのがわかる。

カシャカシャッと、どんぶりをスプーンでかき混ぜてひとくち——。

少しも表情を変えず、胃弱の柏木さんが小声でつぶやいたのを聞き逃さなかった。

「あ、美味《ウマ》い……」

「いつもオレが作ってるやつと比べて、どう？」

「完全再現ですね」

「だってさ、関根さん。よかったねー」

今どきウィンクしてくる先生もどうかと思ったけど、それどころではない。

あたしの作った料理が、美味しい？

どんなレシピサイトを見ても、料理動画を観ても、ぜんぜん別物になるあたしが？

シチューに入れるブロッコリーを圧力鍋にかけて、バラバラに砕いたあたしが？

「よ、よかったです……」

「なによ、もっと喜んでもいいんじゃない？　最初にして、これよ？」

あたしは社会人になる前から、社交辞令《しゃこうじれい》や愛想笑《あいそわら》いという言葉を知っていた。世の中の人間関係を円滑《えんかつ》にするためには、そういうものが必要なのも知っている。

新しいバイトが初めて作ったものをけなす常連さんなんて、いないだろう。

だからこれは「マズくはない」という意味に、今は受け取っておくことにした。

正直、あたしはそんなに褒められ慣れていないのだ。

「なんで、こういうのなら食えるんですかね。やっぱ、夏バテですか」

「夏バテなんて言葉は抽象的で漠然としていて、なんの意味もないよ。日常生活を送るには問題ない程度の『脱水傾向』『低血糖傾向』『塩分不足』が毎日――下手をすると２時間ごとに繰り返され、蓄積され、気づかないうちに判断力や活動性も少しずつ低下していく。それが、夏バテの正体だ」

どうやら夏バテも、またその３つの要素で成り立っているらしい。とりあえず血糖と水分と塩分を補えば、わりと元気になれる気がしてならない。

「言われた通り、コーヒーにもガムシロップを入れるようにしたら、なんか調子いいですね。まぁ、あんまり食いたくないのは変わらないですけど」

「もちろん消化管も、それに合わせて活動を下げている。そんな時に『カツを入れる』だか『エネルギーを補充《ほじゅう》する』だか、そんな根性論を精密機械の体が受け付けるはずないから。まずは『水分』『糖分』『塩分』で、最低限の判断力を取り戻す」

「お茶より、イオン飲料……先生、マジでそればっか言いますよね」

「それが、オレの基本管理方針だ。あとは『タンパク質』を摂《と》らないと意欲が湧《わ》いてこない。魚でもいいから、なんか『肉』を食わないとな」

柏木さんは黙々とあたしの作った鶏そぼろ丼を食べながら、妙に納得している。

「だからこれ、ぴったりなんですか。なんか甘めがいい感じだし、サッパリだし」

「だろ？　この鶏そぼろ丼は吸収の悪い脂分も少なく、糖分と塩分とタンパク質を楽に摂《せっ》取《しゅ》できる。まぁ豚バラでもいいんだけど……哲ちゃん、嫌がるじゃん」

「噛むの、めんどくさいんで」

「あんまり米も食わないしなぁ」

そんな話をしている間に、柏木さんはもう完食してしまった。

つまり「あたしの作った料理」を、残さず食べてくれたのだ。

「じゃ、先生。ごちそうさまでした」

「あーっと、待て待て。これを持って行きなさーい」

千円札を1枚置いて出て行こうとする柏木さんに、先生が銀色の何かを投げ渡した。

それを振り向きざまにサラリと受け取るあたり、彼女ができる理由もわかる。

柏木さんが手にしたのは、10秒チャージで有名なワンハンドのゼリーだった。

「千円じゃ、足りなくなりましたね」

「じゃあ、7万2千円」

「自由診療すぎません？」

「いいから持って行って、仕事場で3時に飲む。そのあたりで血糖が下がるはずだ」

「あざっす」

また灼熱の残暑へと出て行く、柏木さんを見送りながら。先生の管理方針は、あくまで日常生活の「メンテナンス」なのだと改めて痛感した。

ダルくて食欲がない、と病院で訴えても「夏バテですね」で終わってしまうだろう。

でもここでは水分や糖分を補給するタイミング、食べるべき物とそうでないものを相談できるうえに、必要なら薬も処方してくれる。

なにより、自分の好きな味付けのご飯を食べさせてくれる。先生が柏木さんに「箸《はし》」ではなく「スプーン」を渡していたのが、とても印象的だった。あれはつまり「自分の好きなように食べろ」ということの現れだと思う。

でもいくら自由診療だからといって、千円？

今までのイメージだと、自由診療は何万とか何十万単位だと思っていたのに。

あたしに呈示《ていじ》された時給より少ないけど、大丈夫だろうか。

「じゃ、関根さん。オレらも昼ごはんにしよっか」

「えっ？　あ、はい」

「哲ちゃんと同じ、鶏そぼろでいい？　炒《い》り卵をトッピングして、二色丼《にしょくどん》にする？」

「いえ、これだけで」

これを「まかない飯《メシ》」と言うのだろうか。

自分で作った「ちゃんと美味しい料理」を食べるのは、やっぱり不思議な気分だ。

そしてカウンターの内側に先生と向かい合って座り、シンクの調理場をテーブルに食べているこの感覚も、今までのあたしとは違うと線引きしているようで悪くない。

でも、大事なことをすっかり忘れていた。

別にバイトであたしを雇わなくても、これって先生だけでもできることなのだ。

「関根さん。哲ちゃん、前となにか違うところがあった？」

「え、なにがですか？」

「様子だよ、様子。なんでもいいから、気づいたことないかなぁ」

「今日は、鶏そぼろを作ることで精一杯でしたから……」

がんばって、思い出してみよう。

入って来た時、食べていた時、先生と話していた時。

「……ネクタイが似合ってないというか、前と雰囲気が違ってて……ハンカチはこの前のものとは別でしたけど、たぶん同じブランドで……髪型がちょっと違ってたというか、ワックスが違うのかな。あ、あと靴下が丈の長いやつでした」

「え……靴下まで？」

「すいません……これもう、無意識みたいで」

「それがいいんだって。けどそれ、どういう意味だと思う？」

「どうって……彼女さんの趣味なんじゃないですか？」

「……あ、それか。それね、なるほどね」

ひとりで納得してしまった先生は、何事もなかったようにまた食べ始めてしまった。

「あの方、柏木さんでしたっけ。どうされたんですか？」

「うちに来る頻度が増えたんだよ」

「……それだけ？」

「あいつ、真面目《まじめ》だからさ。言われたことは忘れず守る奴なんだけど、なんか最近よく体調を崩して来るんだわ。なんで今までできてたことが、できなくなったのかと」

「え……それって」

「彼女の過干渉か、あいつが彼女に気を遣《つか》って合わせてるか……って、こと？」

「あ、やっぱり……」

今までの生活リズムやパターンを崩してしまうと、体は正直に反応するのだろう。ましてや真面目な人は、それがすぐに出てしまうのかもしれない。

もしかすると彼女さん、ご飯も自分好みでガッチリ作ってあげてたりするのかな。

「ね、関根さん。向いてるだろ？」

「なにがですか？」

「ウチにだよ。来て、正解じゃない？」

「なんか、お役に立ってる感がないというか……バイトでいる理由が、ないような」

「立ってる、立ってる。よく見てるし、よく覚えてるし、よく気づいてる。料理だって、覚えるの早いじゃない」

「……そうですかね。見たまま聞いたままを、真似《まね》してるだけですけど」

「それがいいんだよ。また次に作る時、そのメモと動画を観るんでしょ？」

「逆にメモを見ないと、絶対ミスするので……」

「じゃあ、簡単だね。そのメモを、増やせばいいだけだから。感覚で作らないってことが、料理下手から脱出する第一歩だし、上出来《じょうでき》だって」

「そう、何度も褒められても……」

「自己評価、もっと上げてもいいんじゃない？」

「……自己評価、ですか」

やっぱりあたしは、褒められ慣れていない。

そんなことを考えている間に、先生はさっさとどんぶりを空にしてしまった。

あたしは、食べるのも遅い。

でもここではそれを急《せ》かされることもなく、それだけでもあたしには天国だ。

「それより洗い物、頼める？　オレ、掃除と洗濯と洗い物は好きじゃないんだよね」

「あ、やっておきますけど……先生は、どちらへ？」

「なんか今日はだるいから、寝ることにする」

「えっ？　体調、悪かったんですか？」

「全然。元気」

「じゃあ、寝るって……」

「元気なら活動する、眠ければ寝る。体の言葉に従うと、健やかな毎日が送れるぞ」

そりゃあ食べたら眠いですけど、午後１時前から昼寝するんですか？

正直に生きているっていうか──。

「──あたし、何してればいいでしょうか」

「心のままに」

「はい……？」

何の指示も出さずに部屋へ戻ろうとした先生が、不意に振り返った。

「そういえば、関根さん。最近、じんま疹はどう？」

そう言われて、初めて気づいた。

あれだけ苦しめられていたじんま疹は、ここへ来てから１回しか出ていない。

しかも腕の内側と脇腹にちょっとだけで、それも次の日には消えていた。

「今週はまだ、１回しか出てないです」

「いいね。出たら、すぐ教えてよ」

勇気をもって――というか、どうしようもなくなって営業の仕事を辞めた。

それがストレスからの解放、つまりじんま疹の「原因除去」になったのだろうか。

これが先生の言う「ストレス性じんま疹」の本性なのだろうか。

「辞めて、正解だったよね……」

少なくとも、もの凄《すご》く後悔するような決断ではなかったと思うけど。

正直、こんな調子でバイト代を払ってもらえるのかだけは心配だった。

▽ ▽ ▽

この「んん診療所」で住み込みのバイトを始めてから、生活のリズムは最高だ。

とりあえず午前9時ぐらいに、みんなダラダラと起き始める。着替えて顔を洗い終わったら、1階の診察室兼カフェ兼キッチンにパラパラと集まって、小野田先生の作る朝ごはんをみんなでいただく毎日。

定番はホットサンドベーカーを使った「なんでもホットサンド」で、要はそれぞれが好きな物を言えば先生が挟んで作ってくれる。八木さんはチーズとハムで、あたしは薄焼き卵とレタスとマヨネーズという正統派。でも先生は「自家製あんこ」だけを挟んで、朝から血糖を一気に上げる派だ。

その間にコーヒーを淹れるのがあたしの仕事で、八木さんはコーヒーのブラック、先生はカフェオレに練乳《れんにゅう》を入れてさらに血糖を上げるのが好きだ。

どれだけ血糖を上げる気かと心配になるけど、ここでは誰も何も言わない。

そして10時10分前になってふたりが駅前へ「朝の散歩」に出かけて行ってから、あたしは自分用に牛乳多めのカフェオレを好きなように淹れてゆっくりと飲む。次に、今日することを考えて――だいたい「することがない」ことに気づくのだけど。

今日はちょっと、いつもの流れと違うらしかった。

「あ、いらっしゃ――」

ここは診療所だと、何度も自分に言い聞かせているのに。カウンターの中にエプロン姿で立っていると、どうしても古民家カフェか居酒屋と勘違《かんちが》いしてしまう。先生は長白衣を羽織ればいいと言うけど、あたしは別に何の資格も持ってないただのバイトなわけで。白衣にはどうも抵抗があり、無事このエプロンに決定した。

「――っと、こんにちは。今日は、どうされ」

いまだにあいさつの言葉から間違えてしまうというのに。

入口に立っていた女性の姿を見て、それすら途中で止まってしまった。

「クマちゃんは？」

腰までの長いストレートヘアは金髪に近く、超ロングなのに手入れが行き届いていて陽の光に輝くようだったのが印象的だったのを憶えている。夜以外でもボディラインを意識したタイトなデニムにサマーニットで、ブランド物のバッグを持っている。

ここへ初めて来た時、朝帰りした先生が連れていたキャバ嬢さん――ハサミを振りかざした女性にも動揺しなかった、沙莉奈さんだ。

「あーっと……ご、ご予約の方ですか？」

ただ、あの時と違う点がふたつある。

ひとつは、目から下が全部隠れてしまうほど大きなマスクをしていること。

もうひとつは、小学生ぐらいの男の子を連れているということだった。

「連絡したけど……この時間、どうせパチ屋でしょ？」

時刻は午前11時30分、沙莉奈さんの言う通り。

小野田院長と八木管理薬剤師はこの時間、いつも駅前でスロットを打っている。

「では、その……何かお飲みになって、お待ちに」

「どうでもいいけど、誰なの？　家出娘《むすめ》――って、歳じゃないよね」

「先週からこちらでアルバイトをさせていただいております、関根菜生と申します」

反射的に自己紹介ができるのだけは、営業をやっていて良かったと思う。

「えーっ、クマちゃんがバイト雇《やと》った？　マジで？　なんで？」

「それは……ちょっと、よくわからないのですが」

あと、大事なのは笑顔だ。

「まぁ、いいや。沙莉奈はコーヒー濃いめの、ぬるめで」

濃いめで、ぬるめ？

それって、コーヒー豆は何gにすればいいの？　お湯の温度は何度にすればいいの？

フレンチプレスでしか淹れられないけど、沙莉奈さんは苦笑いでマスクをはずした。

笑顔のままフリーズしていると、沙莉奈さんは苦笑いでマスクをはずした。

「女同士だから、マスクは取ってもいいよね」

「え？　あ、はい。もちろん」

どうやらマスクは、スッピンを隠すためのものだったらしい。

「やっぱりコーヒーは菜生ちゃんがいつも淹れてるヤツ、ちょうだい」

「……すいません、勉強しておきます」

聞き間違いではなく「菜生ちゃん」と呼ばれた。

カウンターに座った沙莉奈さんは意外にフレンドリーらしく「あんたと先生、どういう関係なの」なんてことにはならない様なので、ひとまずは安心だ。

「智也《ともや》はどうする？　いつものチャイ、もらう？」

隣に座らせた男の子は、沙莉奈さんとは正反対におとなしい。短パンとTシャツに、帽子姿。目元は沙莉奈さんに似て、ちょっと中性的。服や帽子に汚れはなく小ぎれいで、外遊びに夢中になるような感じではない。

その前にこの子は、もしかしなくても沙莉奈さんのお子さんだろうか。

いや、その前に――チャイ？

落ち着こう、ドリンク系は一昨日《おととい》教えてもらったはず。

確かメモにも――あった、これだ。

【チャイ】２人分
片手鍋＝ミルクパンに水２５０ml、ＣＴＣ製法の紅茶葉を小スプーン２杯、スパイスのカルダモンとクローブを２粒ずつ加えて沸騰《ふっとう》させる。次に牛乳２５０mlとグラニューを大スプーン２杯入れて、もう１回沸騰。茶こしを通して固形物を取り除き――。

「おー、沙莉奈と智也じゃないか」

「クマちゃん、遅いー。連絡したのにー」

あたしの処理回路がパンクする前に、小野田先生が戻って来てくれた。

サッとマスクを元に戻すあたり、やはり沙莉奈さんも女性。それなら軽くでもメイクしてくればいいような気もするけど、昼はスッピンでいたい気持ちはよくわかる。

でもそれ以上に、パァッと顔が明るくなったのは智也君の方だった。

「いやいや、申し訳ない。ちょうど、当たってたもので」

「颯ちゃんは一緒じゃないの？」

「まだ当たってるよ。先に帰ってろ、だってさ」

タイミング良く帰ってきてくれて、ともかく助かった。

濃いめも、ぬるめも、チャイも、どうしていいか分からなかったし。

「あ、関根さん。オレがやるからいいよ。沙莉奈はいつもので、智也はチャイか？」

「うん！」

今までずっとスマホから顔を上げなかった智也君が、笑顔で返事をする。

それに応《こた》えて、小野田先生は笑顔で親指を立てた。

智也君、たぶん先生のことが好きなのだと思う。

「で？　今日は、どうしたの。平日の水曜日だぞ？　学校は？」

半自動的にコーヒーを淹れながら、同時進行でチャイを煮立てている先生。

その姿を見ながら、沙莉奈さんは少しだけため息をついた。

「学校から、また電話があったの。だからもう、今日は休んでいいよって」

「電話？　なんて？」

「やっぱりすぐ『お腹が痛い』って、トイレに行くんだって」

「あー、その話ね」

「それが1日何回もだから、授業にならないんだって。ちゃんと小児科で診てもらえって。ちゃんとって、なに？　超めんどくさい」

「世の中、めんどくさいことが多いなぁ。智也？」

視線を落としたまま、智也君はなにも答えなかったけど。

先生はぜんぜん気にした風もなく、できたばかりのチャイを智也君に差し出した。

「この前クマちゃんのいた大学病院に紹介状を書いてもらって、1泊入院までして検査したじゃん。別に胃や腸の病気じゃないって、もうわかったじゃん」

「まぁ……何もないのを確認するために、検査してもらったわけだしな」

そして沙莉奈さんにも、濃いめでぬるめのコーヒーを差し出す。

「それ沙莉奈、説明したじゃん？　なのに、なんでまた病院に行けとか言うわけ？」

「智也は『過敏性腸症候群《かびんせいちょうしょうこうぐん》』だって、言った？　小学校1年生でも、わりと普通にあり得るんだって」

「ちゃんと言いました」

「え……信じてもらえなかったのか」

沙莉奈さんは、黙ってうなずいている。

過敏性腸症候群が何なのか、あたしには全然わからないけど。少なくとも智也君がうつむいたまま、お腹を触っていることには気づいた。

先生は、あれに気づいているだろうか。

「あの、先生……智也君が」

「ん？　あ、どうした智也。腹が痛くなったか？」

　こくっとうなずくだけで、智也君はチャイにも口をつけていない。さっきまで元気そうだったのに、急にお腹が痛くなるなんて、そんなこと――。

だめだ、今ちょっとだけ智也君のことを疑ってしまった。

それって、あたしのじんま疹が信じてもらえなかった時と同じことだ。

「ははっ、安心しろよ。こう見えても、ここは病院。オレは医者だぞ？」

「う、うん……」

　智也君に何をしてあげるのか見ていると、先生は内線を取った。

「戻ってるかな……あっ、颯？　いま、智也が来てるんだけどさ。例の『配合剤』を１シート持って来てくれるか？　いや、急いでないから」

　やはりお腹が痛いのなら「お薬」なのだと思っていたら、先生はコンロに火を付けてフライパンを熱し始めた。

「智也。魔法って、あると思う？」

「……まほう？」

　薬を手配したら次は料理の準備で、ついには魔法なんて言い始めた。

　先生が何をしようとしているのか、さっぱり分からないけど。

　今の小学生が魔法なんて信じるだろうか。

「智也ならわかると思うから、キチンと説明するけどな。人間の体を制御しているのは、脳の電気信号だ。心臓も、肺も、胃も、腸も、筋肉も、骨以外にはすべて脳が電気信号で命令を下している――」

と思っていたら普通に医学的な説明が始まり、智也君は興味津々《きょうみしんしん》に聞いている。

予想外の話にわりとビックリしたのは、あたしの方かもしれない。

「――魔法ってのは、その電気信号に干渉することだ。プラスの信号を送っている神経にマイナスの信号をブチ当てれば、その命令を消すことができる。わかるかい？」

「うん」

「だよな。智也なら、わかると思った」

にっこり笑った先生がフライパンに入れたのは、牛乳とグラニュー糖だけ。火加減は微調整しながら決めてるけど、それ以外はただゆっくりと混ぜているだけだった。

「ちなみに腸が水分を吸収する時に必要な物があるんだけど、なにか知ってるか？」

「えーっ……しらない」

「だよな。わりと大事なことなのに、けっこう知らない大人も多いんだわ」

良かった、智也君が正解を答えたらどうしようかと思ったもの。

いや別に競い合う必要はないんだけど、なんとなく。

「なんなの？」

「糖分、つまり砂糖だ。甘さがないと、水分は吸収されにくい。お茶や水ばかり飲んでも熱中症が予防できないのは、砂糖が足りてないからなんだよ」

「へー」

智也君の目はキラキラに変わり、さっきまでの重い空気は消え去っていた。

先生、子どもと話すの上手いなぁ。

「牛乳がお腹にいいのは知ってるよな？」

「うん」

「でも、飲み過ぎると下痢になるのも知ってるか？」

「うん」

「そこでだ。オレは今、腸の水分吸収に必要な砂糖を牛乳に入れて、飲み過ぎないように煮詰めて濃縮《のうしゅく》しているわけだ。ほれ、見えるか？」

カウンターから身を乗り出して、フライパンをのぞき込んだ智也君。

その姿を見て、沙莉奈さんは何だか安心したようだった。

「いいニオイがするね」

砂糖入り牛乳は水分が飛んでどんどん減り、どうなるのか気になってあたしも見ていると。あるところを境目《さかいめ》に、サラサラだった液体が急にドロドロになり始めた。

「勝負だァ！」

「えあっ⁉」

驚いて、思わずあたしの方が声を出してしまった。

恥ずかしいけど、智也君がニコニコ楽しそうだからいいか。

「ここで一気に固めると――」

サッと火を消して準備していた小麦粉を投入すると、先生はひたすらフライパンを傾けながらヘラでこね続けている。そうしているうちに、煮詰めた砂糖入り牛乳はあっという間にジャムのようなべたつきを超え、柔らかい塊《かたまり》になっていった。

「――これこそが腹に効く究極の魔法、脳が出しているプラスの信号にブチ当てるマイナスの信号『魔法のミルクキャラメル』なのだ」

まな板に広げたラップに手早く小分けした先生は、まとめて冷凍庫に放り込み。

それを見ていたように、八木さんがお薬を持ってやって来た。

「はいよ、クマさん」

「おう、サンキュー」

このふたり、なんでこんなに息が合っているのだろう。

どこかに監視カメラでも付いてるのかな。

「智也。魔法のキャラメルが冷えて固まるまで、これを1錠飲んでおいてくれるか」

「なにこれ」

「これは、ただの整腸剤《せいちょうざい》。魔法を効きやすくする、前処置《ぜんしょち》だな」

「それ、のんだことあるよ。でも、きかなかったんだよね……」

「整腸剤は、魔法のキャラメルを食べる前の『準備』でしかない」

それはあたしもよく出された薬だったけど、確かに効いてる実感のないことが多い。

整腸剤ってやたら病院から出されるけど、下痢や腹痛を止める作用ってあるのかな。

そうこうしているうちに、冷凍庫のミルクキャラメルはあっという間に固まり。取り出したそれは、本当にクリーム色のキャラメルになっていた。

牛乳に砂糖を入れて煮るだけで作れるなんて、ちょっとビックリだけど。

問題は、これで本当に智也君の腹痛が良くなるかだ。

「ほら、智也。食べてみ？」

整腸剤を１錠飲んだあと、智也君はできたてのキャラメルを口に入れた。

どんな味がするのか、めちゃくちゃ興味がある。

「関根さんも、味見してみる？」

「えっ、いいんですか？」

「智也ぁ。関根さんに１個、あげてもいいか？」

「いいよ！　これ、おいしいよ！」

「ありがとう、智也くん。ひとつ、もらうね」

味は「甘さ控えめの薄くち生キャラメル」と言えばいいだろうか。ちょっと歯にくっつくのが難点《なんてん》だけど、普通に美味しい手作りキャラメルだ。

「どうだ、智也」

「なにが？」

「お・な・か」

「あ……いたく、なくなった」

先生はもの凄く自慢げに、ふふっと鼻で笑った。

「どうよ、この即効性。これを『魔法のキャラメル』と呼ばずして、なんと呼ぶ」

智也君の気が紛《まぎ》れたと考えられなくもないけど、理由はどうであれ腹痛が消えたのは間違いない。ちょっと冷めてしまったチャイにもようやく口をつけ、お腹も気にせずふたつめのキャラメルを食べようとしている。

でも一番ホッとしたのは、穏やかにそれを見ていた沙莉奈さんかもしれない。

「クマちゃん、いつもありがとね。同じ『プラシーボ』なのに、なんであたしの『魔法』は効かなくて、クマちゃんの『魔法』なら効くのよ」

プラシーボ――その単語には聞き覚えがあった。

比較対照試験《ひかくたいしょうしけん》なんかの資料を作る時によく見かけたので、調べたことがある。たしか「偽薬効果《プラシーボ》」という使い方をされるもので、本来はその薬効がないのに、人間の「思い込み」や「信じること」で、本当に症状が改善するというものだったはず。

「魔力の違いだな。オレなんてもう、魔王様レベルだもの」

「朝からスロットを打ちに行く魔王様なんて、いませーん」

「けど効くものは効くんだもんなぁ、智也」

「うん！」

それは魔法を信じたからなのか、先生を信じたからなのか、わからなかったけど。

気が紛れたのであれ、忘れたのであれ、ともかく智也君の腹痛はなくなった。

前の主任がよく言っていた「問題解決型」であり、これはこれでいいのだと思う。

「じゃあ、沙莉奈。智也の腹の調子が悪い時は、なるべく胃腸に負担のかからない食事にしてやってくれないか」

「わかった、ママにも言っておく」

「……最近、うまくやってんの？」

「まぁ、それなりにね。うどんやお粥で、いいんだっけ？」

「うどんやお粥《かゆ》が好きな小学生、あんまりいないよな。柔らかくて、噛まなくてもよさそうな物なら何でもいい。離乳食までいかなくても、ともかく柔らかいもの。それから、乳製品と油ものは絶対禁止な」

「え。さっきのミルクキャラメル、牛乳じゃん」

「あれは『魔法』だし、煮詰めて少量にしてるからいいの。大人と違って子どもは、血糖の下がるスピードも速いし。ともかく乳製品じゃなくても、濃くて浸透圧《しんとうあつ》の高いものは控えてくれ。間違っても油ものなんて、吸収できやしないからな」

「了解」

「あと、下痢してるなら塩分が出て行く。必ず」

「夜にはみそ汁かスープのような、塩っぱい物を飲ませる。でしょ？」

「それから、2日以上の食事制限はしないように。あまりメリットがないから」

すべてを理解した沙莉奈さんは、智也君の頭を軽くポンと叩いて帰る準備を始めた。

「ほら、智也。お礼を言いなさい」

「ありがとう、クマせんせーっ！　またくるね！」

「おう。いつでも来いよ」

切れ長の目に優しい笑顔を浮かべて、親指を立てた小野田先生。

智也君はミルクキャラメルと整腸剤を大事に持ち、沙莉奈さんと手を繋いで満足そうに笑顔で帰って行った。

「先生。プラシーボって、あんなに効くんですね」

「あら、知ってたの？」

「ちょっとだけ、調べたことがありまして」

「別にオレは嘘をついたり、騙したりしてるわけじゃないからね。過敏性腸症候群は『心身症』のひとつでもあるわけだし」

「シンシン症？」

ひと仕事を終えたあとのように、先生はフレンチプレスでコーヒーを淹れているけど。めんどくさかったのか、フォームドミルクを作る気配はなかった。

「心理的な負荷——つまりストレスが引き金となって交感神経《こうかんしんけい》が過剰に興奮し、腸を刺激して下痢や腹痛を引き起こす。ならば、どんな方法でもいいからそれを抑制《よくせい》してやればいい。だから智也には『プラスの信号を送っている神経にマイナスの信号をブチ当てれば、その命令を消すことができる』と説明した。嘘はないでしょ？」

「ですね。噛み砕いて説明しただけですね」

「智也にとってのマイナスの信号は『魔法のキャラメル』と『整腸剤』、それから『ちゃんと説明されたこと』だろうかね」

確かにいつの頃からか、子ども扱いされると分かるようになった記憶がある。そしてそれに気づくと、話から「はずされた」気分になったものだった。

「小学校1年生の子にも、そういう症状って出るんですね」

「大人も子どもも関係ないよ。それにこれは腸だけに限らず、どの臓器にも起こる。過呼吸、動悸《どうき》、嘔気《おうき》、嘔吐《おうと》、頻尿《ひんにょう》に頭痛——などなど」

「えっ⁉　なんでもアリじゃないですか！」

「これって、関根さんの『じんま疹』にも似てない？」

「あ……」

あたしにとってのストレスは営業で、出た症状はじんま疹。ブチ当てたマイナスの信号は——たぶん、仕事を辞めたことによる解放感だろうか。つまり、じんま疹ですらカテゴリー的には「心身症」に入るものなのだ。

でも智也君は、小学校を辞めるわけにはいかない。

それがあたしと、決定的に違うところだ。

「担任が嫌いな先生なのか、友だちにイジメられてるのか……まぁ理由は色々あるだろうけど、だいたいすぐには解決しないものが多いな」

「小学校って、保育園や幼稚園とはガラッと雰囲気が変わりますし」

「いずれにせよ。これがオレのやってる自由診療の、典型的な一例かもね」

診察券もなく、保険診療でもなく、薬の処方だけでもなく、病院の形態すらない。

それでも症状がよくなればそれでいい、色々なものから自由になった診療所なのだ。

「だから頼んだよ、関根さん——」

うーんと先生は背伸びをしてから、あたしの肩をポンと叩いた。

「え？　なにをですか？」

「――魔法のキャラメル、量産しといてね」

「そう、ですよね……たぶんこれからも、智也君には必要な物ですよね」

「どうせ持って帰ったやつは、あっという間になくなるだろうし」

「そんなに食べちゃいますかね」

「智也は大事に、１個ずつ食べるだろうけど……」

「じゃあ、沙莉奈さんが？」

「……まぁ、すぐにわかるっしょ。それより、作り方はメモしてた？」

「ぎ、牛乳３００mlにグラニュー糖10g、小麦粉５g、ですか？」

「ほんと、よく見てるよなぁ。感心するわ」

呆《あき》れたような顔をしながらも、先生はちょっと嬉しそうだった。

あたしはあたしで、役に立てる仕事ができて嬉しかったのも事実で。

さっそく『魔法のキャラメル』の量産体制に入らせてもらうことにした。

翌日の、午前9時50分。

先生と八木さんが定例の「朝の散歩」に出かけたあと。エプロンをしてカウンターの内側に立つと、妙な高揚感に包まれた。あたしにも、ようやくこの診療所で役立つ仕事ができたのだ。

画像に残していた火加減と同じようにコンロの火を調整して、まずは牛乳を300mlとグラニュー糖を10g入れたけど。フライパンに牛乳という光景には、なぜか抵抗を感じてしまった。フライパンは炒め物、焼き物、油物、という先入観に縛られているのだろう。

「いやいや、あたしの気持ちはどうでもいいから。とりあえず、始めま――」

さぁこれからと意気込んだ直後、誰かが玄関の引き戸を勢いよく開けた。

「――ど、どちら様でしょうか」

立っていたのは、小柄な初老の女性。髪にはしっかりパーマがかけられ、お化粧もキチッとされている。着ている服は格安量販店のものとは違い、お年寄りのお散歩やお買い物とは雰囲気が違う。背筋は伸びて姿勢も良く、ついでに威勢《いせい》も良かった。

「あなた、ここの関係者？」

「は、はい。受付と……サポートを担当しております、関根と申します」

「小野田って医者、居るんでしょ？　呼んでちょうだい」

その口調はハッキリと強く、明らかに好戦的《こうせんてき》。この診療所が気に入らないのだろうか、鋭い視線は常にあちこちを品定めしている。

ともかく、せっかく調整したコンロの火は消さなくてはならなくなった。

この牛乳、あとでまた使えるだろうか。

「ご予約の方でしょうか」

「聞こえたでしょ？　私は小野田って医者を呼べと言ってるの」

あたしの心の柔らかい部分に、ビリッと電気が走る。

営業事務をしていたころから、この感覚を忘れたことがない。これは間違いなく、クレームを入れる気満々《まんまん》の相手が出すオーラ。本当は忘れてしまいたかったけど、仕方ないので前職時代に気分を切り替えるしかない。

「すいません。ただいま小野田は、所用で席をはずしておりまして」

「いつ戻って来るの」

「お約束はできないのですが、12時過ぎには戻って来ると聞いております」

「朝から2時間も空けて、どこへ行ってんのよ！　すぐ呼び戻してちょうだい！」

「か、かしこまりました。まずは連絡してみますので、お名前とご用件を……」

6年間で染みついた定型文が、条件反射のように出てくるのが怖い。

それより怖かったのは、今日まで落ち着いていた皮膚に痒みが走ったことだった。

「……あの、お名前とご用件を」

相変わらずあちこちを舐めるように品定めしたまま、名乗ろうとはしない。何もかもが気にくわないその視線は、もはや怒りというよりは憎悪に近かった。

「ご用件もなにも！　こんな物、二度とうちの孫に渡さないでちょうだい！」

勢いよくカウンターに投げ出されたのは、見覚えのある手作り感満載のキャラメル。それは間違いなく、きのう智也君が持って帰った「魔法のキャラメル」だ。

ということは、うちの孫——つまりこの初老女性は智也君のおばあさんであり、沙莉奈さんのお母さんということになる。

もしかして先生が言っていた「あっという間になくなるだろうし」って、このこと？

「かしこまりました。そのように伝えますので、お名前を」

それでも確認は必要なので、せめて名前だけでも聞き出さないと。

「なんなの、この古びた喫茶店は。これで病院？　診療所？　シンシンだか過敏だか、智也に適当なことを言って……あんなものは、病気でも何でもないでしょ！　ちゃんとした大学病院で、そう診断されたんだから！」

つまり智也君のおばあさんは、心身症状も過敏性腸症候群も、そしてプラシーボも理解できずに怒鳴り込んで来たわけだ。

「こんなインチキくさい奴を頼って智也を連れて来るなんて、沙莉奈もどうかしてるわ。なんで、あの子は……だから昔から、バカな男に騙《だま》されるのよ」

あえて黙ったまま、相手の目を見て直立不動になるしかない。言いたいことを全部言い切るか、これ以上は時間のムダだと諦《あきら》めるまで、この嵐は収まらないだろう。

「もういいわ。あなたじゃ話にならないし、ここの責任者を呼んでちょうだい」

「施設《しせつ》責任者は、院長の小野田となっております」

「はぁ？　私ね、そんなに暇じゃないの！」

「……申し訳ありません」

　そして根比べのような長い沈黙が、カウンターを挟んで流れる。

　なんとかこのまま、諦めてくれないだろうか。

「ともかく。そのインチキ医者の小野田に、二度といい加減なことを智也にも沙莉奈にも吹き込まないでと伝えておいて。まったく、世の中どうなってんのよ」

　深々とお辞儀《じぎ》をして、相手が出て行くまで顔を上げない。そして気配が消えたと感じたら、ゆっくりと顔を上げながら帰ったのを確認する。

　前職で獲得した必須スキルは、どうやらここでも役に立ったようだったけど。

「はぁ……帰ってくれた」

　思わず、大きなため息が出てしまう。

　孫には強権《きょうけん》的で、いい歳の娘にまで否定的な祖母。それは家庭内だけではなく、他人に対しても基本的には変わらないのだと思う。

「智也君の腹痛、学校だけが原因じゃなかったりして……」

　気を取り直して、智也君のために「魔法のキャラメル」作りを再開することにした。

　そして腕の内側が少し痒くなっていたことは、あまり気にしないようにした。

▽　▽　▽

今日もまた、何もない午前中が始まった。

「……ホントお客さんっていうか患者さん、来ないなぁ」

相変わらず先生と八木さんは、10時前には駅前のパチンコ屋に並んでいる。

あたしの仕事といえば、マスターしたと言える数少ないレシピのひとつ「魔法のキャラメル」を、さらに作り置くことだけ。

智也君のおばあさんがやって来て、残していったクレームとキャラメルのことを告げると。先生は「ほらね」みたいな顔をしながら、今日か明日ぐらいには沙莉奈さんが取りに来るだろうからと「量産継続」の指示をあたしに出した。

サラサラからドロドロになり始めてすぐに火を消し、小麦粉をダマにならないように手際よく混ぜ固めるのは苦手だけど。これは、あたしに任された大事な仕事。申し訳ないぐらい何もしていないので、せめて時給分ぐらいは働かないと。

「……こんにちは」

そしてあたしが意気込むと、デジャヴのように入口の引き戸が開く。

「いらっ――じゃない、おはようございます。今日は、どうされましたか？」

「せんせいは？」

少しだけ開いた引き戸から顔をのぞかせたのは、智也君。先生がいないか見渡したあと、目が合ったあたしにも気まずそうにぺこりとお辞儀をしてくれた。なんとも行儀《ぎょうぎ》のいい、小学校１年生だ。

「あれ、智也君。今日は、沙莉奈さ――お母さんは？」

「ねてるよ」

「じゃあ、おばあ――」

途中までしか言っていないのに、智也君の表情が明らかに曇った。

どう考えてもいい話には広がりそうにないし、おばあさんの話はやめておいた方がいいだろうと、あたしの直感がささやく。

とはいえ、わりと問題があるのも事実。

今日は平日の金曜日で、今は午前10時過ぎ。小学校１年生が学校にも行かずに外をひとりでウロウロしているのに「よく来たね」と言っていいものだろうか。

「――学校はどうしたの？　今日はお休み？」

「ママは……おなかがいたかったら、やすんでいいって、いったんだけど」

けど、たぶんおばあさんが「行け」って言ったんだよね。だから黄色い帽子をかぶって、青いランドセルを背負ってるんだよね。

だったら責任を持って、おばあさんが学校まで送るべきだと思うけど。

「まぁまぁ、入ってよ。先生、お昼前には帰ってくるからさ」

「……おじゃまします」

ランドセルを置いて、ちょこんとカウンターに座った智也君と向かい合った。

ひとりで外を歩いているよりは、ここに居る方が安全だと思う。とりあえず「保護」して、寝ているところを悪いけどあとで沙莉奈さんに電話しよう。

「智也君は、チャイが好きなんだよね？」

それを聞いた智也君の表情が、少しだけ明るくなった。

チャイは煮立てて、止めて、また煮立てるだけの簡単ドリンク。それならあたしにだって、話をしながら作る余裕が持てる。実際には練習の時、沸騰《ふっとう》した牛乳の泡立ちが想像以上に激しくて、片手鍋から3回ほど吹きこぼしたけど。

「おねえさん。せんせいとおなじやつ、つくれるの？」

お姉さんという甘美な響きは、何年ぶりだろう。

もちろん、繁華街でのキャッチは除いてだけど。

「先生から作り方は教わったから、たぶんできると思うんだけど……作っていい？」

「おねがいします！」

あたしにも子どもがいたら、こんな風に育てたい――。

そんなことよりも確認しないといけない、大事なことがある。

智也君はサラッと言ったけど、あたしは聞き逃さなかった。

「今日は『学校に行く前から』お腹が痛かったの？」

沙莉奈さんから「お腹が痛かったら休んでいい」と言われた。

つまり今日は、学校へ行く前からお腹が痛かったということ。それは心理的なストレスの原因が学校だけではなく、家にもあると考えていいのではないだろうか。

「……うん」

「学校だけじゃなく、家でも痛くなるんだ」

「うん……」

「そっか。まぁ、そういう時もあるよね。家には、誰と一緒に住んでるの？」

「おじいちゃんと、おばあちゃんと、ママ」

「いつもママは、何時ぐらいに起きるの？」

「ヤキンだから、ゆうがたまでねてる。でもゆうがたには、またヤキンに行っちゃうから……ごはんとかは、おじいちゃんと、おばあちゃんと」

「そ、そっか――」

夜勤か、確かに夜のお仕事だもんね。そりゃあ、夕方まで寝てるよね。そして起きてごはん食べてたら、もう出勤の時間になるよね。

「――おじいちゃんて、どんな人なの？」

「あんまり、しゃべんない。でも、おしごとはしてるよ？　あたらしい、おしごと」

定年後もシルバー人材で働き始めた、真面目なタイプだろうか。それとも、あのお婆さんと一緒にいる時間を短くしたいから——いや、勝手な想像をしてはだめだ。けど実際、あのお婆さんとふたりきりなら、あたしでもじんま疹が出ちゃうかも。

だめだ、話題を変えないと智也君のお腹を痛くさせてしまう気がする。

「智也君、1年生だったよね。小学校で、仲のいい友だちはいるの？」

「カズくんとは、なかよしだったけど……こんど、ひっこしちゃうんだ」

「そ、そうなんだ……」

それも、学校でお腹が痛くなるストレスの原因かもしれない。智也君、積極的に友だちの輪に入っていくようには見えないし。

だめだ、これも結局ネガティヴな話題になってしまった。

「きょうも、おなかがいたくなったから、れいぞうこの『まほうのキャラメル』をたべようとおもったんだけど、ぜんぶなくなっててさ……」

「……そっか」

だよね、だって昨日あのお婆さんがここへ捨てに来たもの。

これもだめだ、なんとか明るい話題にできないものだろうか。

「ママにきいたら、ママとおばあちゃんがケンカになっちゃって……」

「そ、そうかぁ……ケンカかぁ」

どんどん悪い話題になっていくのは、あたしの会話スキルが足りないからだろう。

話しかけた内容が全部、地雷ばかりを選んで踏んでいる。

それより、さっきから「そうか」「そうなんだ」しか返せていないのが問題で。

子ども相手の話は、営業トークやクレーム対応より難しい気がした。

「……がんばってボクが、がっこうに行かないから、まほうがきえたのかな」

「そんなこと……誰が言ったの？」

「おばあちゃん」

あのお婆さん、智也君にどこまで嘘と根性論を押しつける気だろう。

思わずムッとしてしまったけど、顔に出さないようにしないと。

「大丈夫だよ。小野田先生の魔法は『魔王様レベル』だって言ってたじゃない」

「でも、どこにもなかったよ？　おくすりだけじゃ、きかないのに……」

「そうだよね、お薬は魔法のキャラメルとセットだもんね」

「だから、まほうのキャラメルをもらいに来たんだよ。たべておなかがよくなってから、がっこうに行こうとおもって」

「そっか。それなら、冷蔵庫に――」

ふと、ここが「診療所」だということを思い出した。

少なくとも、智也君は患者さん。

チャイを出すことは医療行為じゃなくておもてなしだけど、魔法のキャラメルはどうだろうか。それ自体は手作りキャラメルで医薬品じゃないとはいえ、勝手に素人の浅知恵《あさぢえ》で「プラシーボ」なんて食べさせていいものだろうか。

だいたいその前に、このできたてのチャイは先生の味と同じだろうか。

これが智也君の好きな先生の味と違うなら、あのミルクキャラメルも怪しいもの。

そうなってくると、当然プラシーボなんて期待できなくなってしまう。

「――智也君。あたしの作ったチャイができたんだけど、飲んでみてくれる？」

「う、うん」

正直すぎて、不安そうな表情が顔に出ている。

先生と同じ味になっているか、確かにあたしも自信が持てない。

茶こしで固形物を取り除き、ガブ飲みサイズのティーカップに2杯注いで。ひとつを智也君に渡し、もうひとつはあたしの味見用にした。

「じゃあ、これ。どうかなぁ」

メモと記憶が正しければ。

先生は智也君にも、シナモン・スティックやパウダーを使っていなかった気がする。

そんなあたしに見つめられながら、智也君は恐る恐るカップに口をつけると。

「あっ！　せんせいと、おんなじだ！」

「ホント⁉　やった！　どれどれ、熱《あつ》っ――」

「あははっ。ちゃんと、フーフーしないからだよ」

嬉しくて、わりと猫舌だったのを忘れていた。

けど、智也君に笑顔が浮かんだからヨシとしたい。

「智也君、お腹はどう？」

「え？　それは……まだ、いたいです」

やっぱり、チャイぐらいじゃだめだ。

智也君に気を遣わせて「ですます口調」にさせてしまったし。

「そうだよね。これはチャイで、魔法のキャラメルじゃないもんね」

だからといって、このまま智也君を家へ帰すの？

それとも、学校へ行けって言うべきなの？

「……ちょっと、待っててね」

取りあえず先生に電話してみたけど、いくら待っても留守電になるだけ。

「うーん……出ないわ」

「……せんせい、いそがしいんだよ。まほうのキャラメルは、またこんど」

また今度って、帰してもいいの？

小学校1年生が、頼れる場所はここしかないと思って来たのに？

あたしだって、頼れる場所はここしかなかったのに？

「いや、智也君。実はね――」

これは「先生が渡す」からプラシーボ効果があったのかもしれない。それを「あたしが渡す」ことで効果が出なかったら、このキャラメルの持つプラシーボ効果が二度と現れなくなってしまうかもしれない。

でもあたしだってこの「んん診療所」でバイトをしているのだから、この状況を「院長が不在ですので」だけで終わらせたくはない。

それにこのキャラメルには、最大の「逃げ道」というか「言い訳」がある。

先生がよく言うスロットの話にたとえるなら、ここは勝負するべき時だろう。

「――魔法のキャラメル、冷蔵庫に作ってあるんだよ」

「えっ、ホント？　せんせい、つくってくれてたの⁉」

「あたしが先生から直々に教えてもらって、特訓の末《すえ》にできたものなんだけどね」

まず嘘はいけないので、正直にあたしが作ったと伝えること。これならたとえプラシーボ効果が現れなくても「あたしが作ったからだめだった」と言える。そして「きっと先生が作ったやつなら効くんだろうけど」と言えばいいのだ。

「どうだろう、効くかなぁ。試してみる？」

「うん！」

まず、最初の反応は上々だ。あとは味に違いがなければ「渡した人物」によるプラシーボ効果が出なかったということとなる。

うわっ、めちゃくちゃドキドキしてる。

冷蔵庫からキャラメルを取り出すだけなのに、ちょっと手が震えてるし。

「か、形はちょっと違うかもだけど……『魔力』は、どうかなぁ」

「いただきます！」

ひょいっとつまんで、ぱくっと食べた智也君。

ちょっとだけ口の中でモゴモゴしてたけど、すぐに表情が反応してくれた。

「おねえちゃん！　これ、おんなじだよ⁉　せんせいのやつと、おんなじ！」

「あっ、そう⁉　そうか、同じなのね！」

よしっ、とカウンターの下で思わず拳《こぶし》を握った。

味が同じだとすると、あとは「渡した人物」の違いだけだ。

「もういっこ、たべていい？」

「もちろん。これは、智也君のために作ったんだから。まだまだ、あるよ」

2個目が智也君の口に入った。

どうしよう、ここからどうやって話を切り出そう。

先生が話をどうやって進めたのか、手順をしっかり思い出さなくては。

「智也君、おうちでお腹の『お薬』は飲んで来たんだよね」

「うん」

「そっか、そっか。じゃあもう、準備はＯＫだね」

「じゅんび？　なんの？」

先生はまず、整腸剤を「準備」と言って智也君に飲ませていた記憶がある。キャラメルを食べさせたのは、確かそのあとだったはず。プラシーボ効果に儀式や様式が組み込まれていたとしても、順番的には大丈夫なはずだ。

あとはなるべく、先生の言った通りの「表現」を使うことに注意して。

「お腹に『マイナス信号をブチ当てる』順番のことだよ。家でお薬を飲んで、ここで魔法のキャラメルを食べたわけじゃない？」

「うん」

「ど、どうかな？　お腹の具合は」

一瞬、智也君の動きが止まった。

ふと思い出したように、お腹のあたりを触ったあと——。

「あ……いたく、なくなった」

よしっ、よしっ、よしっ！

プラシーボが効いたということは、あたしも智也君に信じてもらえたのだ！

「ま、まぁね。先生の言う通りに作ったから、けっこう魔力はあるんじゃないかなぁ、とは思ってたんだよね。小野田先生ほどじゃないけど」

「すごいね！　おねえちゃん、まほうつかいの『まじょ』だね！」

「いや……なんかそこは、女王様っぽいのが良かったかなぁ」

とりあえず、プラシーボ効果は発揮された。あとは申し訳ないけど寝ている沙莉奈さんに電話して、智也君のお迎えを――と考えていたら、ガラッと入口が開いた。

「あっ、せんせーっ！」

「よぉ、智也じゃん……って、今日はひとりか？」

「うん。おうちで、おなかがいたくなったんだけど、まほうのキャラメルがなくなってたから、もらいにきたんだよ」

「……家で腹が痛くなった？　学校じゃなくて？」

「おうちで」

「そうか……そういうことか」

やっぱり先生も、同じことに気づいたようだった。

「そしたらね、このおねえちゃんが、まほうのキャラメルをつくってくれて、それでおなかが、いたくなくなったんだよ！」

「え？　関根さんの『魔法』が効いたのか。そりゃあ、良かったな」

「きいたよ！　まだれいぞうこに、いっぱい、つくってあるんだって！」

「す、すいません……先生に黙って、勝手なことをしてしまって……」

「いやいや。連絡が来てたんで、なんとなく知ってたから気にしなくていいよ。それより正直、ここまでやれるとは思ってなかったわ。サンキューね」

「なら、良かったです」

そして切れ長の目にいつもの笑顔を浮かべ、先生は智也君の頭にポンと手を置いた。

「智也ぁ。この前やってたゲームの面《めん》クリ、また手伝ってくれないか？」

「えーっ、まだクリアしてないの？　それ、ヘタすぎだよー」

「頼むよ。母ちゃんが起きる頃に電話して迎えに来てもらうから、それまでだけど」

「もー、しょうがないなぁ」

どうやらお腹の痛みは、どこかへ吹き飛んでしまったようで。智也君はランドセルを持って、まるで我が家のように奥へと上がっていった。

大学の小児科や街のクリニックでは、決してこんな風には診療してくれない。これも先生のやりたかった「自由診療」の形ではないだろうか。

そしてあたしは今日、ようやくその一端を担えたのだと思う。

そのことが嬉しいと同時に、少しだけ自分が誇らしく思えてならなかった。

もっとこの診療所の役に立つこと、なにかできないだろうか。

▽　▽　▽

それから数日して。

今のあたしが智也君にしてあげられることは、ミルクキャラメルしかないと思い。

先生がお昼に作ったチャーハンを食べ終わったカウンター内で、懲りもせずまたフライパンに牛乳とグラニュー糖を入れていた。

「夕方まで、他にすることないし」

大学を出てから、この歳になるまでの６年間。

通勤戦士たちが１９９％も詰め込まれた東西線で出社して、嫌な上司や苦痛な取引先と仕事をして、適当にお昼ご飯を食べて、帰って寝る生活が当たり前だった。あの満員電車に詰め込まれた人たちはみんな似たような生活をしていると思っていたし、そうすることが生きて行くためのスタンダードな方法だと思っていた。

西葛西の賃貸マンションやアパートには、毎日のように分譲マンションのチラシが投函され。結婚して子どもが小学生になったら35年ローンで分譲を、という空気を常に感じていた。駅前は西荻窪よりも便利だけど画一的で、カフェも居酒屋も定食屋もチェーン店。ドラッグストアも本屋もスーパーも、ほとんどがチェーン店。もちろん個人経営のお店もあったけど、それはごくわずか。車と自転車はお互い譲り合うこともなく道路を行き交い、歩行者の方が避けて歩かなければわりと危険な状態だった。

でも、ここ西荻窪では違う。

ずっとそこに在り続けていたような古書店や喫茶店があり、北口を出て左に折れたらいきなり鳥居と八百屋さんがある。そうかと思えばカフェ系の居抜き物件にそのまま入った新しいバルが民家の並びにオープンし、通りがかりに外から見ただけでは何のお店か分からない雑貨屋さんや工房がある。そして駅前の道路は狭いけど、車が歩行者と自転車に気を遣って徐行してくれる。

つまり同じ東京の23区内なのに、あたしはこんなに選択肢があることを知らずに生きていたのだ。しかも西荻窪は、あの東西線でたどり着ける場所だったというのに。

「やっぱり……1回ぐらい別の道を歩いてみて、正解だったかな」

そんなことを考えていると、ガラッと開いた引き戸から見たことのある顔が覗いた。

「こんちは。クマちゃん、いる？」

「あっ、沙莉奈さ——」

なんだろう、この違和感は。

これは沙莉奈さんで間違いないのに、沙莉奈さんじゃない気がした。

「——今日は、どうされたんですか？」

「ちょっと、この前のお礼にね」

この前とは、あたしが智也君に「魔法のキャラメル」を作った時のことだろうか。

だとしたら、あれから先生と沙莉奈さんは話をしていないということになる。

でもよく考えれば、沙莉奈さんと先生はキャバ嬢さんとお客さん。さらには、患者さんのお母さんと医者の関係なわけで。それ以上に連絡を取り合うのは逆に変かもしれないけど、何かポカンと空白の時間があったような気がしてならなかった。

「先生なら部屋で昼寝してますから、起こします……けど」

そのままカウンター席に座った沙莉奈さんは、ぼんやりしているようにも見える。

内線をしばらく鳴らして先生を起こし、何とか部屋から出て来てもらったものの。

いつまでも引っかかっている、この違和感はなんだろうか。

「よぉ、沙莉奈。どうしたの」

「あ、クマちゃん。この前、ありがとね。智也、ひとりで来ちゃって」

「あれは、関根さんのおかげだよ。それに、子どもに罪はないからな」

「正直、助かったよ。なんかちょっとだけ、肩の荷が下りた感じ」

「そんな感じで、全部下ろせたらラクなんだろうけど。コーヒー、飲むか？」

あっ、この違和感——わかったかもしれない。

たぶん間違いない、絶対そうに違いない。

「じゃあ、いつもの」

「沙莉奈さん、あたしが淹れていいですか？」

少し驚いたのは沙莉奈さんではなく、小野田先生の方だった。

「そうだねー。今日は菜生ちゃんに、お願いしよっかな」

思わず「待った」をかける感じで言ってしまったけど、大丈夫だろうか。

医師と患者の関係に対して、余計な干渉になってないか心配になってきた。

「い、いいですか……先生」

「え？　いや、全然かまわないけど——」

やはりここで全部、気づいたことを先生に話した方がいいだろうか。

いや、先生ならあたしがやっていることを見れば気づくはず。そうすれば自然と、どうしてこうなったかを先生が聞いてくれるだろう。

今ここでは、沙莉奈さんは間違いなく患者さん。

あたしはバイトで、あくまでも先生を補助する立場なのだから。

「——なんで急に？」

「まぁ、ちょっと……バイト代をもらっている身なので」

正しい判断ができていない、意欲が湧いてこない——。

先生の言っていたこれらの条件に、今の沙莉奈さんは当てはまっていると思う。

それはあまり食事を摂っていなくて、低血糖に傾いているということなのでは？

「関根さん、沙莉奈の好みを知ってたっけ？」

「はい。前に聞きました」

弱っている胃に負担をかけるのは根性論だと、先生は言っていた。

それなら沙莉奈さんの好きな「濃いめ」はだめだと思うし、せめてコーヒーよりもカフェオレで、しかも牛乳の割合は多めがいいのではないだろうか。

「へぇ……いつの間に」

あたしがミルクフォーマーで牛乳を温めているのを、先生が不思議そうに見ている。

好みを知っていてカフェオレを作っている理由に、はやく気づいて欲しい。

「あの、沙莉奈さん。今日は『濃いめで、ぬるめ』のコーヒーじゃなく、甘いカフェオレにしてみませんか？」

「えーっ、甘いの？　あんまり飲まないんだよねー」

「ですよね。でも今日は、なんとなく……『関根ブレンド』ということで」

「ははっ、なにそれ。けど智也も菜生ちゃんにお世話になったし、今日は任せるよ」

チラッと先生に視線を送ったら「はい？」みたいな顔が返ってきたけど。

あたしを信じてくれたのか、上の棚から何かを取り出してくれた。

「なんだか、オレには分からないけど……ちょっと『黒糖シロップ』を入れてみるか」

そうしてできあがった、牛乳多めで温かくて甘めのカフェオレ。

シロップに黒糖を使ったことで、たぶん優しくて深い甘みが加わっているはずだ。

「どうでしょうか、沙莉奈さん」

「カフェオレかぁ。甘いの、久しぶりだなぁ」

沙莉奈さんはそれをひとくち飲んだあと、無言のまま大きくため息をついた。

そして表情を変えることなく、頬に一筋の涙を流した。

「えっ？ 沙莉奈さん⁉」

「ん？ あれ、なんで……」

まさか泣き出すなんて思ってもいなかったので、どうしていいか分からない。やっぱりあたしは、余計なことをしてしまったのかもしれない。

けどこの急に流れ出す涙、あたしには経験がある。あれはまぶたと唇が腫れてどうにもならなくなり、ここへ駆け込んで先生に点滴をしてもらった時だ。

「いや、菜生ちゃん……あれ？ なんかこれ……美味しいんだけど」

「よ、よかったです。けど……沙莉奈さん、どうされました？ 大丈夫ですか？」

メイクが崩れるのも気にせず、ハンカチで涙を拭く沙莉奈さん。

ここから先は、やはり小野田先生の出番だった。

「沙莉奈。いつからだ」

「なにが……？」

「関根さんがあえて『甘い』カフェオレにしたのは、恐らく低血糖に傾いていると考えたからだろう。コーヒーではなく、ほとんどが泡立てた温かい牛乳のカフェオレにしたのも、胃に負担をかけないため。そうなんでしょ？　関根さん」

「は、はい。すいません……なんか、出しゃばった」

「すごいな……」

「……え？」

「沙莉奈が食べてない、寝てないって、なにを見て気づいたの？」

「いや……寝てないのは、ちょっと分かりませんでしたけど……」

「沙莉奈が泣いているのは、おそらく『感情失禁《かんじょうしっきん》』だと思う。極度の緊張から解放された時にみられる『泣き笑い』と、似たような感じだろう」

「す、すいませんでした……まさか、そんな大変な状態だとは知らなくて……」

あたしへの説明はいいので、まずは沙莉奈さんの話を聞いてあげて欲しい。

だっていきなり声もなく泣き出して、今もまだ涙が流れているのだから。

「菜生ちゃん、ごめんね……なんか、ありがとう……」

「い、いいえ。そんな」

「……沙莉奈、なんかヘンだった？」

もうひとくち飲んで、沙莉奈さんはまた涙を流している。

子ども相手でもないのに、変に誤魔化《ごまか》すのは失礼な気がするし。

やっぱり本人に聞かれたら、正直に答えるべきなのだろうけど。

「変じゃないです。その……ちょっと、いつもと違う感じがしただけです」

先生と沙莉奈さんから見つめられて、答えないわけにはいかなくなった。

「これはあたしの、ただの印象なんですけど――」

沙莉奈さんの腰まである長い金髪ストレートヘアが、今日は陽の光を浴びて輝くどころか、パサついて枝毛まではっきりと見えていた。ロングヘアはトリートメントやケアが大変なのによく維持できているというか、髪が命なんだなと思っていた第一印象と、今日はあまりにも違いすぎていたのだ。

会うたびにタイトでレギンスみたいなデニムが似合うなと思っていたのに、今日は綺麗な脚のシルエットすら分からないコットン系のワイルドパンツ。そして日焼け止め目的で適当に選んだとしか思えない長袖ボーダー柄チュニックを、清潔そうな白シャツやタイトなサマーニットを好んでいた沙莉奈さんが着るだろうか。

着るかもしれない――でも、違和感はそれだけじゃなかった。

メイクが肌から浮いている感じがするし、まつエクは左右で少し違っているし、中指の目立つ場所でネイルも割れているのだ。

「──それが、どうも気になって」

「鬱《うつ》の初期症状がそろっているな」

「えっ、それだけで⁉」

そうつぶやくと先生は、診察室カウンター内の定位置に長白衣姿で立った。

つまり沙莉奈さんに、なにか食事を作るということだ。

「今まで好きだったこと、できていたことができなくなる。身だしなみに関心がなくなる。食欲の低下とくれば、だいたい不眠もセット。そして、甘い物が妙に美味しく感じる。つまり、今の沙莉奈そのものということだ」

あまり好きじゃないと言っていた「甘い」カフェオレを全部飲み干した沙莉奈さんは、ようやく涙が止まったようだし。

あたしの気づいた違和感が間違っていなくて、本当に良かったと思う。

「なんか、沙莉奈……いろいろ疲れちゃってさ……」

それには答えず先生が冷蔵庫から取り出したのは、鶏の挽き肉と卵2個。そして見慣れた「腹系のタレ」を作ると、フライパンで炒めた挽き肉に混ぜ入れた。鶏そぼろかと思って見ていると、煮立ったタレがまだ多く残っているうちに、割り溶いた卵2個を回し入れ。器用にフライパンの片側に寄せて半熟状態にすると、甘辛い香りがふんわりと漂ってきたところでサッと火を消した。

「鶏挽き肉の卵とじ、好きだろ? 残してもいいから、取りあえずカロリーを摂れないだろうか」

「……ありがとう、クマちゃん」

出されたお皿をちょっとずつ箸でつまんでは、ぼんやりしている沙莉奈さん。

いくら好きな料理でも、やはり鬱の時には食べられるものではないのだ。

「ただ、うちで診られる限界を超えている。知り合いに紹介状を書くから」

「えぇ……いいよ別に、沙莉奈は」

「残念だがオレが知ってしまった以上、見て見ぬ振りはできない」

「強引だね……」

「でないと、オレの寝覚めが悪くなるんだわ」

カウンター診察室の隅に置いてあるモニターを見ながらキーボードを叩き、先生はどこかへ書いた紹介状をプリントアウトして沙莉奈さんに手渡した。

「ほら。大袈裟《おおげさ》な病院じゃないし、知り合いだから融通《ゆうずう》も利く。初期症状のうちに関根さんが気づいてくれたんだから、そのラッキーを大事にしようぜ」

「……マジで行かなきゃ、だめな感じ?」

「だめー」

「だめかー」

そんな軽い感じで会話をしながら、沙莉奈さんは鶏挽き肉の卵とじをほとんど食べられないまま紹介状を受け取った。何を悩み、何に疲れていたのか、想像しかできないけど。

やはり沙莉奈さんは、自分でも何かの限界を感じていたのだと思う。

紹介状をバッグに押し込み、席を立った沙莉奈さんが帰り際に振り返った。

「菜生ちゃん、ありがと」

「え……」

「沙莉奈も智也も、また菜生ちゃんに助けられたね」

そう言い残して、沙莉奈さんは引き戸を閉めて出ていった。

後に残された鶏挽き肉の卵とじだけが、お皿の上で冷えていく。

「……助けた？　あたしが？」

「うっそ、また自覚ないの？」

それを片付けながら、先生は珍しくシンクで洗い物を始めた。

「でもあたし、沙莉奈さんの鬱状態を治してあげることは」

「それは、オレにもできないって」

「でも先生は」

「ねぇ、関根さん。気づくってことがどれぐらい大事なことか、これでもまだわかんないかなぁ。その人間観察、もう趣味のレベルじゃないんだよね」

「でもでも、言わない。アナタ気づいたヒト、ワタシ気づけなかったヒト。普通はもっと、自信を持っていいんだけどなぁ」

「そんなこと、急に言われても……」

ここへ来るまで自分が誰かの役に立ったことがないのだから、それは無理な話というもので。おだてられたり褒《ほ》められたりしたあとは「幸運の壺《つぼ》」でも売りつけられるのではないかと、逆に心配になってしまうほどだ。

「ともかく、オレの目に狂いはなかったね。関根さんをうちで雇って、正解だよ」

「そうですかね……」

「今日は、飲みに行くか」

「いや……今日は夕方に、瀬田さんが来られる予定じゃないですか」

「……そうだっけ？」

「先生、真剣に忘れてましたね……？」

相変わらず、いい人なんだかテキトーな人なんだか。

ただ、もしかするとだけど——。

人の出しているSOSに、誰よりも早くあたしが気づけるのなら。

それが誰かを助けるきっかけになるのではないかと、ちょっとだけ考えてしまった。

つまりそれは、あたしがこの「んん診療所」に居てもいい理由でもあるのだから。

第3章　ヒトの構成要素

昼下がりの午後2時。

んん診療所の診察カウンターの中に立ち始めて、1ヶ月が経った。

転職も、引っ越しも、住み込みも、何もかもが新しい発見の連続だったけど。

壊滅的に料理ができなかったあたしが、誰かに料理を出しているのが一番の驚きだ。

「菜生さん。『どんぐり』、まだありますか？」

「ありますよ。瀬田さんが好きな味だと思って、2パック漬けましたから」

「菜生さん、マジ好き。嫁に欲しい」

「いやぁ……瀬田さんのダンナさんには、ぜったい勝てる気がしませんって」

うずらの卵を甘じょう油に漬けた「どんぐり」は、お酒の肴《さかな》っぽいやつ。その漬けダレは鶏そぼろと同じ「腹系」で、しょう油とみりんとお酒がそれぞれ40mlずつに、グラニュー糖を大さじ2杯を溶かしたもの。瀬田さんはレバーの甘辛煮が好きなので、たぶんこれも好きだと思い、仕込んでおいたのは正解だったらしい。

だってレバーの甘辛煮も同じ腹系のタレで、「どんぐり」と違うのは黒糖と練り生姜《しょうが》とガーリックパウダーを入れること、タレを煮飛ばしてから味を染みこませるのに時間がかかることだけなのだから。

「はい。全部で5個までOKって書いてあるので、5個までなら……」

「うぇっ？　書いてあるって？」

「瀬田さんには動物性タンパク質を摂ってもらいながら、コレステロールには注意するよう、先生から指示が出てますね」

「指示⁉　管理されてた！　Oh《おう》……じゃあ、あと3個ですネ」

あの「腹系のタレ」で、鶏そぼろ、レバーの甘辛煮、どんぐり、それから鶏挽き肉の卵とじと、4種類も料理が作れてしまう。あたしのような料理のできない人間がすぐにメニューを増やせた理由は、同じタレで複数の料理が作れる小野田先生の「合理的時短レシピ」のおかげなのだ。

「その色、鶏そぼろと同じタレじゃないですか？」

興味深そうに見ていたのは、胃弱のSE柏木さん。残暑が過ぎてからだいぶ体調は良くなったみたいだけど、やっぱりうちに来る頻度は変わらなかった。

ということは「推定彼女さん」の様々な影響が続いていると考えるべきなんだろうけど、先生は相手が話をするまで決して聞き出そうとはしない。だからもちろん、あたしもそのことに触れるつもりはない。

「あ、気づきました？　食べてみます？」

「1個だけとか、いいすか」

「全然ＯＫです。漬けただけで、なにもしてませんけど」

柏木さんはどんぐりを1個、爪楊枝《つまようじ》で刺して神妙《しんみょう》な顔で眺めていた。

新しい食べ物に対して慎重になる気持ちは、すごく分かる。だって好きじゃなかったら残すか、泣きながら飲み込むしかないのだから。

「あ、好きかも……」

「だと思いました。柏木さんの好きな鶏そぼろと、同じ味付けですもん」

人って結局、似たような味が好きなのだと改めて実感する。

特に柏木さんは、うちで鶏そぼろ以外を食べている姿をほとんど見たことがない。

「関根さんの彼氏さん、いいすね。好きなご飯だけ作ってもらえて」

「え……いませんけど」

「……え？　あ、いや……え？」

柏木さんが妙に動揺していた。

瀬田さんまで、どんぐりを食べる手を止めてこっちを見ている。

惰性《だせい》で付き合っていた彼氏と別れて3年が経つけど、そんなに驚かれるとは。

「江浜《えはま》さんも、どんぐり食べます？」

　ワンオペ育児に疲れて、ちょくちょくお昼を食べながら先生に育児相談をしている江浜千紘《ちひろ》さん。ファミレスで開かれるママ友会議が嫌いらしく、コーヒーだけで済ませて、今日もうちでいつもの解凍キーマカレーを食べていたのだけど。

「関根ちゃん、彼氏いないの？」

「……まぁ、はい」

「ずっと？」

「ずっと、っていうか……ここ3年ぐらいですかね」

「あ、そう。見る目のない男ばっかりだったんだ」

「ですかね……」

　瀬田さんと柏木さんが、フリーズしたまま真正面を向いてしまった。

　こんなに急な角度で恋愛話を振られるのは、想定外で困る。

「小野田先生とか、関根ちゃん的にはどうなの？」

「どうって……なにがです？」

「かなり、うまくやってるじゃない？　1ヶ月ぐらい経つし、そういう目で見ること、あるのかなぁって」

「……そういう？」

「えー、私にぜんぶ言わせる気？　ちょっと付き合ってみようかなとか、付き合ってるところを想像だけでもしたことないのかな、とか思って」

「小野田先生と……ですか？」

確かにこの1ヶ月、じんま疹が出ていないのは小野田先生のおかげだと思う。

もし出ても、すぐに治してもらえるので安心しているのも事実だ。

ちょっと食べ過ぎてお腹が苦しくても、ラムネ感覚でお薬を処方してくれるし。

よくわからないまま続けているここのバイト代も、普通にもらったし。

「……ちょっと、ないですかね」

キーマカレーのオマケに作った、パックの千切りキャベツにツナ缶と解凍した業務用粒コーンを入れただけのサラダをつつきながら、江浜さんは軽く首を捻《ひね》っていた。

「だって、ああ見えても医師免許を持ってるわけじゃない？　日本なら、どこへ行っても仕事に困らないと思うんだけど……それって良くない？」

「いや、そういうんじゃなくて」

「わりとイケメンじゃない？」

「まぁ、それはそうですけど」

「じゃあ、小野田先生でいいじゃん」

江浜さんは、ぜんぜん納得してくれない。

「だって先生って、女性関係が『あんな感じ』じゃないですか。それに午前中に患者さんが来ない日は、八木さんと毎日駅前のパチンコ屋でスロットを打ってるんですよ？　そういうの、あたしはちょっと不慣れっていうか……免疫がないっていうか」

「え、知らないの？　小野田先生、スロットの収支はプラスなんだよ？」

「収支？　ギャンブルなのに、帳簿《ちょうぼ》とか付けてるんですか？」

「そう。なんかもう、そのあたりも『小野田』って感じ。だよね？　柏木さん」

「えっ⁉　ええ、まぁ……らしいすね」

急に話を振られた柏木さんも困っている。

江浜さんは悪い人じゃないけど、わりと話し好き。それがここの患者さんたちにとっていい緩衝材《かんしょうざい》になる時の方が多いけど、恋愛話に関してはだいたいギリギリのゾーンまで攻めて来ることが多い。

「それに女癖は悪いけど、別に『後腐れ《あとくさ》』はないし」

「いや、後腐れって……」

江浜さん的には、後腐れなしの関係はＯＫなのだろうか。

そもそも後腐れってなんだろう、割り切った関係ということだろうか。

割り切った関係という響きの方が、すごく微妙な感じがするのだけど。

「そっかー、だめかー。いよいよ小野田先生にも『初めての彼女』ができる瞬間、やってくるかと思ってたんだけどなー」

「……初めて？」

「ほらぁ。それ聞いたら、ちょと見方が変わってこない？」

「いやいや。ただ、初めてって……どういう意味の、初めてなのかなと」

「先生ね。今まで、一度も真剣に付き合ったことがないんだって。学生の頃からだよ？信じられる？　なにがどうしたらそうなるのか、プロファイリングしてみてよ」

いくら性格が微妙で変わり者だとはいえ、あの見た目とあの歳で彼女ゼロ？

年齢＝彼女いない歴、ただし女には困らずテキトーに遊んでます的な？

そんな男の人って、この世に存在するのだろうか。

「みんなで、なんの話してんのかな？」

「へぁ――ッ⁉」

仮眠という名のお昼寝から起きた話題の先生が、不意に奥の部屋から出て来た。

普通にグラインダーでコーヒー豆を挽いているところを見ると、江浜さんとの話は聞かれていないとは思うけど。

「なによ、哲ちゃん。なんでオレから、目を逸《そ》らすの」

「は……？　いや、別に……」

「瀬田さん。なんの話してたのよ、オレも混ぜてくれってば」

「クマ先生のスロット収支が、プラスだって話をしてましたァ！」

「だから。なんで瀬田さんまで、目を逸らすの」

この流れだと、次は江浜さんに話を振られてしまう。

きっと聞かれたら、江浜さんは普通にぜんぶ話してしまうに違いない。

「あっ、先生！　コーヒー、あたしが淹れます！」

「そう？　サンキュー」

「あっ、それから！　教えてもらった、牛丼！　あ、味見してもらえますか⁉」

「え？　薄口《うすくち》牛丼なら、初日に合格を出したでしょうよ」

「念のためです！」

よくわからないまま圧力鍋のフタを開けて、先生は時短牛丼の味見をしている。

この牛丼レシピも「薄口煮物のカンタン万能出汁」――水400ml、みりん100ml、しょう油50ml、めんつゆ30mlに、ほんだしを小さじ1杯入れたもので、牛バラ肉のスライスと玉ねぎと結びしらたきを圧力鍋で5分間加圧しただけ。それでも薄味なのにチェーン店やコンビニの牛丼なみにコクのある、つゆだけでも飲めてあたしも大好きな美味しい薄口牛丼が完成する。

ちなみに具材を根菜類や安い鶏むね肉にして加圧時間を10分にすれば筑前煮《ちくぜんに》っぽくなるし、鰤《ぶり》と大根にすれば立派な鰤大根に早変わりするのだ。

「OK、OK、ぜんぜんOK。やっぱ関根さん、物覚えが早いねぇ」

「よ、良かったです！」

「この3人のご飯も、完全に任せられるようになったしなぁ」

「ありがとうございます！」

「……なんで、そんなに元気がいいの。なんか、いいことでもあった？」

「いや……その、嬉しいからです……はい」

こういう時に、先生が人の反応に鈍くて本当に助かる。

だから、あたしが雇われているらしいのだけど。

「そうか。嬉しい時は飲みに行け、行けばわかるさ迷わず飲めよ――むかし南米の偉いお坊さんがそう言ってたらしいって話を、誰かから聞いたような気がするな」

「なんですか、それ」

「てことで今晩、駅の南口にできた新しいバルに行ってみない？」

「え……？」

瀬田さんと柏木さんが、思いっきりあたしを見てる。

江浜さんなんて、露骨にニヤニヤしているし。

「ほらぁ、関根ちゃん。やっぱ小野田先生、わりといい感じじゃない？」

「あーっ、江浜さん⁉」

「なんなの、関根さん。いい感じって、オレが超デキる医者ってこと？」

「違います、そうじゃないんですけど」

「ちょ、なんで違うのよ。そこは否定するところじゃなくない？」

「いや……だから、そういう意味じゃなくてですね」

そんな穏やかな空気を一変させるように、入口の引き戸が荒々しく開けられた。


「――捜したぞ、玖真」


そこに立っていたのは、完成された渋いイケオジ。

雰囲気が西荻っぽくなさすぎて、みんなの視線が釘付《くぎづ》けになっていた。

白髪は無理に染めることなく、それでいて軽くおでこが出るぐらいに短く綺麗に整えてある。濃紺《のうこん》のスーツ上下に白シャツ姿は、とてもシンプルだけど。オーダーメイドなのか上品な雰囲気なので、逆にどこのパーティー会場にも行けそうだ。

切れ長な目は穏やかなのにクールで、目尻のしわも気にならない。それどころか、しゅっと伸びた鼻筋《はなすじ》のせいでほうれい線すら格好良く見える。その顔立ちはまるで北欧系の俳優さんみたいだし、立っているだけでその存在感が突きぬけていた。

でもただひとり、先生だけはこのイケオジさんと目を合わせようとしない。

「みんな、急で悪いんだけどさ。今日は解散にしてくれるかな――」

その表情にはなぜか嫌悪や憎しみや不快さといった負の感情がすべて入り交じり、眉間《みけん》には珍しくしわが寄っていた。

「――疫病神《やくびょうがみ》が来ちゃったからさ」

いつもは居たいだけ居させてあげる先生が、慌ててみんなを帰そうとしている。

もちろん疫病神と呼ぶ理由も、さっぱり想像できない。

「せ、先生？　この方は……」

「ごめん、関根さん。今日はちょっと、飲みに行けないかも」

その笑顔は口元だけ。

入口から一歩も中へ入れることなく、診療所から遠ざけるように、先生はこのイケオジ紳士をどこかへ連れて行ってしまった。

庭先を並んで歩くふたりの後ろ姿、穏やかなのにクールで切れ長の目、その顔立ち。

疫病神どころか、どこか先生と似ている気がしてならなかった。

▽　▽　▽

あの日から、先生は今までと何かが少しだけ違っているように感じた。

「あ、おはようございます」

いつも通り9時ぐらいに起きて診察室カウンターへ降りて行くと、いつも通り先生はすでに朝ご飯を作り始めている。ここまでは、すべていつも通りだけど。

「おはよー、関根さん。今朝は、オムレツとエビピラフでいい？」

「え……」

「あれ？　キライだっけ？　炊飯器のスイッチ、もう入れちゃってるけど」

「いえ、ぜんぜん好きです……けど」

別にこれといって会話にも大きな違いはないし、朝ごはんがホットサンドじゃないことも、それほど珍しくはない。

ただこの微妙な違和感に、隣の八木さんは気づいているのだろうか。

「ん？　なに？」

「あー、いえ。別に……」

あたしの視線には、すぐ気づいてくれたけど。

いつも通り、今日の「駅前散歩」について先生とボソボソ話をしているだけだ。

「あの……先生？　今日は、なんでエビピラフにしたんですか？」

「なんで、って……冷凍むきエビが、冷凍焼《や》けしそうだったからだけど」

これもよくある大型冷凍庫のストック問題で、特に変わった話ではないし、もちろんオムレツが問題なわけでもない。

でもすでに、ここに強い違和感があった。

確かに炊飯器ピラフは、お米2合にコンソメ顆粒《かりゅう》を小さじ山盛り2杯と塩を小さじ1杯溶かした水300mlを入れ、冷凍エビやコーンやウインナーなんかをテキトーに入れて炊飯ボタンを押すだけ。時短メニューの中でも超簡単なやつだから、寝起きにめんどくさくてピラフを選んだと考えられなくもない。

これはあたしの、考えすぎなのかもしれないけど——。

小野田先生の中でピラフというメニューは、無意識のうちに「お昼ごはん」か「晩ごはん」のカテゴリーに入っていると考えていた。ここでバイトをはじめて1ヶ月が経つけど、いくら冷凍庫が一杯になっていても朝からピラフを食べたことは一度もなく、お昼のまかないや夜食に出してくれた記憶しか残っていない。

「クマさん。今日、なに打つの」

「スロットの話？　なんで？」

「最近、急激に収支がマイナスだよね。何ヶ月ぶり？」

「そういえば、そうだけど……別に、ただ確率が偏《かたよ》ってるだけだろ」

「……そう？」

納得していない表情の八木さんが言いたいことは「いつもプラス収支の先生が、マイナス収支になっているのはおかしい」ということだと思う。

確かに今までは、なにがあっても必ず午後12時前——遅くても12時半には戻ってきていたのに、最近は予約がなければ午後３時を過ぎることもしばしば。

気づく角度が違っただけで、八木さんも先生の変化には気づいていたのだ。

「なによ、ふたりとも。朝から」

「別に」

出されたコーヒーを飲みながら、八木さんはそれ以上なにも言わない。

でもあたしには、まだ他にも気になることがあった。

「なに、関根さん。なんか遠慮してない？」

「えっ……いや、別に……」

先生はここ最近、ひとりで飲みに行くことが多い。

いつもは、だいたい誰か──たぶん女性に連絡して、飲みに行くことがほとんどだけど。最近は行きつけのバルや焼き鳥屋に、ふらっとひとりで出かけて行ってしまう。しかもキャバクラみたいなところで飲んでいる様子もないのに、わりと酔って帰ってくる。それはいつも先生が飲みながら言う「酔って正しい判断力を失ったら夜の世界では負け」という、謎の持論《じろん》にも反していた。

「ほら、颯。散歩にでかけるぞ」

「……了解」

なんとなく八木さんは色々と気づいている上で、黙っていつも通りに過ごしているように見えた。それが八木さんのやり方というか、優しさなのかもしれない。

だとしたら、あたしが先生にできることは何だろう。

先生は間違いなく、いつもと違うサインを出している。助けるなんて偉そうなことはできなくても、人の出しているSOSに気づける「プロファイリング能力」が、あたしに本当にあるのなら――。

「先生。今日は、何時ぐらいに散歩から帰ってきますか？」

「え？　誰か来る予定、あったっけ？」

「……それは、別にないですけど」

やっぱり無理かと思っていると、気遣いの八木さんが何かを察《さっ》してくれた。

「マイナス収支になる前に、今日は帰れってこと。だよね、関根さん」

「オレ、そんなに心配されるほどマイナスじゃないんだけど……」

「すいません、別になんでもないんで……気にせず、どうぞ」

「……まぁ、いっか。昼ごはんまでには帰ってくるよ」

そそくさと出て行った先生のあとを追いかけながら、なぜか八木さんが振り向いて少しだけ微笑《ほほえ》んでいた。

相変わらずオールバックの強面に、いつものチンピラスタイルだけど。

不意にそういう顔をされると、ギャップで心が折れる女子が絶対いると思う。

「さて。先生は本当に、SOSを出していたのか……それとも、あたしの気のせいか」

▽　▽　▽

んん診療所からバスに乗るまでもない距離に、善福寺公園がある。

東京女子大学のすぐ近くにある、ふたつに分かれた上の池と下の池を中心に広がるわりと大きな公園で、木々の多さや池を取り囲む雰囲気は井の頭《いかしら》公園にも似ている。

でもボート乗り場がある以外は商店があるわけでもなく、周囲に焼き鳥屋やカフェや雑貨屋があるわけでもない。駅の北側住宅街を歩いているうちに気づけばシームレスに下の池に入ってしまう感覚で、あとは池を囲んでそこら中にベンチが並び、所々に遊具があるだけだ。

「すいません。駅前散歩から帰ってきたばかりなのに、また散歩に引きずり出して」

「いや、全然かまわないけど……なんで善福寺公園？」

「今日、天気いいじゃないですか。だから、外でお弁当でも食べないかなと思って」

「え……それ、関根さんが作ったの？」

「……味、不安ですか？」

ようやく見つけた木陰のベンチに座り、カゴバッグを膝の上に乗せていると。

なんとなく、デートっぽい気がしてならなかった。

いや、たぶんそれは江浜さんに煽《あお》られて意識しすぎ。

今日の目的は、そういうことではない。

「ぜんぜん不安はないけど。弁当のメニューやレシピなんて、教えたっけ？」

「簡単につまめるワンハンドの手法を、前に教えてもらったじゃないですか」

「あぁ、あれね。手法って言うほどの物じゃないけど、よく憶えてたね」

おにぎり、クレープ、アメリカンドッグ、サンドイッチなどなど。片手で持って食べられるもの、それをお洒落《しゃれ》な人たちは「ワンハンド・フード」と呼ぶらしい。

あたしが選んだのは、巻き物——要は、具材をパンやレタスやトルティーヤで巻くこと。しかも小さく、ひとくちサイズにすると可愛らしく見えることに気づいた。可愛いは正義なので中身は何でもいい、といっても外さないコツも教えてもらっている。

基本の具材は玉子、ツナ、ソーセージに葉っぱ系野菜。味付けはマヨネーズ、ケチャップ、大人向けならコショウで、女子向けにはコリアンダーのパウダーで爽やかに。

余ったスペースにはプチトマトを入れておけば、彩り的にもＯＫ。ついでに百均で買った英字の包装紙か可愛らしげなキッチンペーパーを敷いておけば、それらしい見た目になってくれるから不思議だ。

「おぉ？　綺麗にできてるじゃない」

とりあえず、フタを開けた第一印象は成功のようだ。

先生はトルティーヤで巻いたレタスとツナマヨをつまみ、ポイッとひとくち。

もしゃもしゃっと食べて——表情に、何の変化もなかった。

「どうですか……味は」

「うん。美味い」

先生が次につまんだのは、ウィンナーを８枚切りの薄い食パンで巻いただけのロールサンドイッチで、味付けはケチャップにちょっとだけマヨネーズを混ぜたもの。またもやポイッとひとくちからの、やはり黙ってもしゃもしゃ。

持って来た水筒の冷たい紅茶を飲んでから、ちらっと横目であたしを見た。

「……やっぱり味は、いまいちですか」

「本当に美味いよ。自信を持ってオススメできるレベル」

「だ、だったら……よかったです」

「ただ……なんか公園でランチとか、すごい久しぶりな気がしてさ。忘れてたよ、この天井がない開放感。関根さんはランチ、アウトドア派だったの？」

「営業の合間は、だいたい公園のベンチが多かったですけど……ここまでのんびりは、できなかったです」

「じゃあ、関根さんも久しぶりなんじゃない？」

「久しぶりっていうか、初めてかもしれません。こんな——」

勢い「デートみたいな」と、危なく口にするところだった。今まで意識しなかったことも、言葉にした時点で急に頭の中を回り始めるから気をつけないといけない。

「いい感じだよね、デートっぽくて」

「え……」

隣でにっこり笑い、先生はその単語をあっさり口にしてしまった。

きっといつも、息をするようにこういう会話をしているのだろう。

「けどこの池、亀が増えたよなぁ」

「か、亀……？」

「ほら。あそこで山みたいに重なって、甲羅干《こうらぼ》ししてるでしょ」

「あ、ほんとだ。あれって、親子なんですかね」

「……」

「先生？」

そして何もなかったように話は流され、今度は沈黙が流れる。

この緩急《かんきゅう》をつけた会話は、意識した方が負けのような気がしてならない。

「……あいつ、父親なんだよ」

「へぇ。亀の親子って、どこを見ればわかるんですか？」

「え……亀？」

「……え、亀じゃなくて？」

お互い顔を見合わせたあと、先に笑い出したのは先生の方だった。

「ごめん、ごめん。急な角度で、なに言い出すのって話だよね」

「で、ですよね。よかった、亀ってどれ見ても同じだと思ってたので」

「この前、うちに来た男の話だよ」

「あぁ、あの方が——えっ、先生のお父さんなんですか⁉」

先生がいつもと違うサインを出していると思ったから、気分転換に軽い気持ちで公園へ誘ったものの。先生の行動が微妙にいつもと変わり始めたのは、確かにあの男性——つまり、先生のお父さんが姿を現してからかもしれない。

やはり顔立ちと後ろ姿の雰囲気が似ていたのは、そのせいだったのだ。

「いやぁ……なんか、カッコいいお父さんですよね……その、ハリウッドの俳優さんみたいっていうか……」

「デンマークとのハーフだからじゃない？」

「ハーフ……じゃあ」

「オレ？　母親が日本人だから、クォーターだね」

「そう、だったんですか……なるほど」

「ふふっ。なにそれ、なるほどって」

「いや……その、なんとなく」

隣で先生に真顔で見つめられると、わりと血圧が上がってしまうけど。

それも北欧系のクォーターということなら、十分に納得ができた。

先生はまたお弁当をつまんで食べながら、池をぼんやり眺めたまま紅茶に口を付け、ずいぶん考えてから話し始めてくれた。

「小野田記念病院って、知ってる？　千葉や埼玉にもあるんだけど」

「……あっ、知ってます。埼玉の友だちが入院した時、お見舞いに行きました」

「あれって、あいつの病院なんだよ」

「ええっ⁉」

忘れもしない、ドラマのロケにでも使われそうな近代的な病院——というか、病室に辿り着けなくて迷子になったほどのビルだった。

「広域《こういき》医療法人《いりょうほうじん》ってやつになっててさ。23区内、千葉、埼玉、神奈川に、8カ所あるの。しかも病院以外に歯科医院から介護老人保健施設、果ては看護学校から医療福祉専門学校まで、ずいぶん手広くやってるみたいでね」

「そんなに……すごいですね」

「すごいかどうかは知らないけど。あいつはそこの理事長先生サマであり、本院の院長先生サマってやつなんだよ」

無表情にサンドイッチをつまみながら、先生は甲羅干し中の亀を眺めているけど。なぜそんなお父さんを「疫病神」と呼んで嫌うのか、理由がさっぱり分からない。

「跡を継げ、ってガキの頃から言われてるんだけど……何回断っても、ああやって今でもしつこくオレにまとわり付く。それって、疫病神みたいじゃない？」

「……です、かね」

亀も水鳥もいない水面を、先生はただ眺めているだけで。先生がいつも見せる表情は、浮かんでこなかった。

「関根さん。病院を大きくする――つまり、病院が『儲《もう》かる方法』って知ってる？」

「……いい病院、ですか？」

「残念――」

そう言う先生の口元に笑顔はない。

「――とにかく患者を集めること。外来診療では、もう自宅療養でも良さそうな患者に『心配だから、念のために』と言って平均３回は受診させるよう、勤務医に厳《きび》しく指示している。そして診療報酬は、保険機関に目を付けられないグレーゾーンのギリギリまで請求する。ちなみに手術はリスクの低い疾患しか引き受けず、それ以外はコネを使って大学病院へ紹介。やろうと思えば、自分の病院でやれるのにね」

「けど……それって、いい病院なんじゃ」

「患者を外来へ必要以上に呼べば、他の感染症に罹患《りかん》する確率を上げてしまう。リスクの高い手術をしないのは患者のためではなく、訴訟回避が目的。だから地域で分娩《ぶんべん》施設のニーズがいくら高くても、産科は外来しか設置していない」

専門用語はよく分からないけど、それがお父さんを嫌う理由なのだろう。

でも先生の思いは、それだけではなかった。

「市区町村が委託《いたく》する健診事業は意地でも全部引き受けるし、予防接種なら種類を問わず何でもやる。いいことだと思うでしょ？　けど健診では必ず『オプション』を付けさせるし、予防接種でも自費項目を必ず勧める。常に『患者のために』と言いながら、実際は『患者単価』を上げるのが目的だ」

「そう、なんですか……」

「系列の老健《ろうけん》施設は認知症があれば入所を拒否する、高額所得者向けの介護付き別荘だし。看護学校や医療福祉専門学校は、自分の病院に補充する職員の養成所だね」

ようやく戻って来た先生の視線は、悲しみでも憎しみでもない——無色透明。

まるで他人事のように、どうでもいいように、軽くため息をついただけだった。

「そんなの別にオレがやらなくても、やりたい奴なんてどこにでもいるでしょ。修一《しゅういち》だっているんだし」

「……修一？」

「あ、弟ね。オレとは違って親に逆らったりしない、いい奴だよ。そのうち親の並べたお見合い写真から選んで、誰かいい女性《ひと》と結婚するでしょ」

先生はお弁当箱に残っていた、最後のロールサンドイッチをつまみ。何ごともなかったような顔でフタを閉め、あたしに差し出した。

「あっ、悪い。弁当、ぜんぶ食べちゃった」

「それは別に……先生用に作ったので」

「そっか、オレのためにか……そうか、サンキュー。めちゃくちゃ美味かった」

そう言ったきり、先生はあたしをじっと見つめている。

そして話し続けていたのが嘘のように黙っていたかと思うと、急に首をかしげた。

「どこで気づいたの？」

「な、なにがです？」

「オレの変化。なんか、いつもと違うことに気づいたんでしょ？　でなきゃ、わざわざピクニック・ランチになんて誘わないと思うんだけど」

「どこっていうか……」

小野田先生は正直に、自分のことを話してくれた。

だからあたしも、正直に答えるべきだと思う。

「……ピラフとスロットと、お酒です」

思いがけず、急に先生が笑い出したのには驚いたけど。それが自嘲《じちょう》ではなく、不意を突かれて「やられたな」という表情だったので少し安心した。

「なにそれ、ぜんぜん意味わかんないって。もう、超能力レベルだから」

「いえ。あたしだけじゃなく、なんとなく八木さんも気づいてたんじゃないかと」

「ピラフに？」

「それは……ちょっと、わからないですけど」

「ほらぁ。そんなこと気づくの、関根さんだけだって。ホント、勝てないよなぁ」

「……別に、勝ち負けとかじゃ」

「いやぁ、負けだよ。だってオレ、沙莉奈の変化にも気づかなかったし」

「それも、偶然です……」

真顔に戻った先生が、またあたしの目をじっと見つめていた。

静かな公園のベンチのうしろを、ベビーカーのお母さんたちが通り過ぎていく。

その話し声が聞こえなくなるまで、あたしは無言のまま先生に見つめられ続けた。

「ホント、感謝しないとね」

「……はい？」

「こんなにひねくれてフラフラしてる、テキトー男なのに――」

先生は口元に手を当てたまま、ゆっくりと瞬《まばた》きはしたものの。

それでもあたしから、決して視線を逸らそうとはしなかった。

「――関根さんみたいないい人が、そばにいてくれるんだからさ」

その言葉を聞いて、あたしの心臓が一瞬だけ止まったあと。

すごい勢いで血液を送り始めたせいで、変な汗が止まらなくなってしまった。

▽　▽　▽

いつもお昼を食べ終わって、みんながひと息つくと。

予約がなければ、あたしは駅前のスーパーや八百屋さんへ出かけると決めている。バイトの身にできる最も簡単なことは、メモに書かれた材料の買い出しで、それはこの診療所に来てからずっと変わっていない。

ただひとつだけ変わったことといえば、気づけば小野田先生の言葉が頭の中をグルグル回り始めて、止まらなくなってしまったことだ。

――関根さんみたいないい人が、そばにいてくれるんだからさ
――嫌な仕事を続けなきゃいけないほど、関根さんの人生って安いの？

――死ぬまで同じ道を往復しなきゃならない歳でもあるまいし。

あたしに、そういう免疫がないだけなのだろうけど。

他の女性とも、こんな感じで会話の応酬《おうしゅう》をしているのだろうか――なんて、あたしだけ特別なのかもしれないと考えてる自分が、自意識過剰でイヤすぎる。

「らっしゃい、らっしゃい！　あっ、いつものお嬢さん！」

西荻窪の駅前は、八百屋さんが「突然」視界に入って来ることがわりとある。これはちょっと説明しにくい感覚だけど「えっ、ここに八百屋さんがあるの？」と言えばいいだろうか。よく来るようになったこのお店も、最初は歩いていたらいきなり出現した感じだったのを覚えている。

「ん……？」

八百屋さんと挨拶《あいさつ》を交わした直後。それは一瞬だったけど、お店の人の視線がチラッとあたしの背後へ向けられたのを見逃さなかった。

視線の先に居たのは地元っぽくない雰囲気の男性で、あたしと目が合う前に手前の角を曲がった。

もしかすると先生のお父さんが「あたしに接触してくるかもしれない」と言われていたので、外を歩く時はなんとなく意識するようになっていたとはいえ。

「ぜんぜん雰囲気が違うよね……」

少し考えすぎだと思い、いつものスーパーと別の八百屋さんを回るルートへ。

あれだけ意地のように鶏そぼろしか食べなかった柏木さんが、今日は珍しく豚バラ肉の二食丼が食べたいと仕事帰りに来る予定なので――。

「――あれ？」

ちらりとしか見えなかったので、細かいことは分からないけど。あの男性、さっき八百屋さんの角を曲がって行った人ではないだろうか。なんの特徴もないグレーのスーツ姿だけど、太めの眉毛《まゆげ》だけは遠目にもわかる。

でもそんな顔の人は、沢山いるわけで。

「気にしすぎだよね……」

そうして、いつも通りに買い物を終え。何度か曲がり角で振り返ってみたものの、結局あの男性を見かけることもなく診療所に帰ってきた。

「戻りました」

「菜生ちゃん、おかえり」

「あれっ、沙莉奈さん？」

「どもー」

診察室カウンターで相変わらず綺麗な金髪のロングヘアをなびかせてコーヒーを飲んでいたのは、以前の笑顔に戻って手を振っている沙莉奈さんだった。

「もう、大丈夫なんですか？」

「見て、見て。めっちゃ元気」

すっと立ち上がってひらひらっと回ると、それでなくても目立つ金髪ロングがふわりと躍《おど》り、相変わらずタイトなデニムが脚を綺麗に魅《み》せている。ぱっと見た感じ、メイクもネイルも、何もかもが元通りの沙莉奈さんだった。

「あ、あの……なんか危ないんで、座ってください」

「大丈夫だって。クマちゃんに紹介された後輩の病院？　大きめのクリニック？　に行ったら、ソッコーで入院させられてさ」

「入院してたんですか⁉」

マイバッグを先生に渡しながら、その言葉に驚いた。

鬱で入院なんて、どんな治療になるのだろうか。

「なんか分かんないけど『寝ろ』みたいなこと言われたから『ムリ』って答えたら、ママにまで電話されてさぁ。めちゃくちゃ強引なヤツだったけど、言うことはまともっぽいんだよね。ホント、クマちゃんの後輩って感じ。ね？　クマちゃん」

「それ、すごくいい奴ってことでＯＫ？」

マイバッグの中身を確認もせず、先生は片っ端《ぱし》から冷蔵庫に放り込んでいる。

買い忘れをチェックされなくなったのは、信用されているようで嬉しい。

「テキトーなんだかマジメなんだか、分かんないヤツ。菜生ちゃん、分かるでしょ」

「えっ？　あ、まぁ……なんとなく」

いきなり答えにくいことを振られても、すぐにうまく返せないけど。

それを見て、先生は苦笑《にがわら》いしているだけだった。

「仕方ないから入院OKしたら、ソッコーで点滴されてさ。気づいたら、1週間も寝てたんだけど。クマちゃん、あれってフツーの治療なの？」

「ミダゾラムで寝かされてたんだよ。あいつから、話は聞いてる」

なんだかんだ言っても、先生は自分の患者さんに最後まで責任を持つ。だから紹介状を書いて終わりではなく、その経過まで知っていたのだと思う。

だからこそ瀬田さんも、柏木さんも、江浜さんも、みんな何か心配なことがあればここへやって来る。ちょっとお腹の調子が悪くても、頭が痛くても、咳が出ても、のどが痛くても、歯が痛くても、体がだるいだけでも。それをめんどくさがらず、先生は全部きちんと説明してくれる。そしてその対処方法も、必ず教えてくれる。間違っても「風邪《カゼ》だね」とか「疲れだね」とかだけで終わらせたりはしない。

「そうだ、沙莉奈のことよりさ。菜生ちゃんの方こそ、大丈夫なの？」

「なにがですか？」

先生に淹れてもらったカフェオレを飲みながら、何を心配されているのか分からなかった。あたしは鬱っぽいどころか、最近はじんま疹も出ていない。

「沙莉奈、今週からお店に出てるんだけどさ。なんかキャストの子たちの間で、菜生ちゃんが噂《うわさ》になってたんだよね」

「……あたしがですか？　まさか」

「やたらクマちゃんと菜生ちゃんのことを、嗅《か》ぎ回ってるヤツがいるんだって」

「え……？」

「オレと関根さん？」

これには先生も、あたしと同時に反応していた。

おそらく思い浮かべたのは同じ人物――先生のお父さんではないだろうか。

「沙莉奈たちの世界ってさ、意外に狭くて横の情報が早いんだけど。吉祥寺《きちじょうじ》の他のお店でも、やっぱり聞かれたって言ってたよ。小野田玖真を知ってるかって」

「なぁ、沙莉奈。それ、妙に紳士ぶった奴じゃない？」

「えー？　別にフツーのリーマンぽかったけど」

「見たのか！　いつ⁉」

「その時、ヘルプで付いたテーブルの、スーツの奴だと思うけど」

「ヘルプで付いた……関根さんのことも⁉」

「聞かれた」

「……なんで吉祥寺なんだ？」

「知らないよ。けどこっちに住んでる子が、西荻《にしおぎ》の南口にあるバーでもそいつを見たって言ってたし」

なんとなく先生は色々あり得るかもしれないけど、あたしに関しては――と考えて、ふと買い物中のことを思い出した。

「あれ……？　スーツの男性……それって、グレーですか？」

「菜生ちゃん、心当たりあるの？」

「いや……さっき、駅前で」

それを聞いて身を乗り出したのは、小野田先生だった。

「なにそれ。なんかされた？」

「そんな大袈裟なことじゃないですよ。たぶん、気のせいだと思いますし」

「関根さんに『気のせい』はない。なにがあったの」

いつの間にか後に退けない雰囲気になったようで、話すしかない感じだけど。

誰かに見られていたような気がしたなんて、自意識過剰すぎる話だ。

「まぁ、気のせいだと思うんですけど――」

でもすべてを話し終わると、沙莉奈さんはわりと真剣な顔で心配していた。

「菜生ちゃん、それヤバくない？　ヤバいって」

「……そうですかね。ヤバいことなら、先生の方が多くないですか？」

「クマちゃんは、いつもだからいいの。それより、同じヤツだったんでしょ?」

「それが……チラッとしか見えませんでしたし、遠かっ」

「いや、関根さん。それは見間違いじゃない」

なぜ先生が、そんなに強く断言するのか分からない。

別にあたしは、刃傷沙汰になるような案件は抱えていないのだけど。

「菜生ちゃん、任せてよ。そいつが誰で、なにを嗅ぎ回ってるのか、沙莉奈が調べてあげるから」

「調べるって……なにを、どうやって」

「夜のネットワークを駆使《くし》すれば、この沿線のことならだいたい分かるって」

「そんなに⁉」

「逆に噂が立ったら、火消しできないぐらい広がる世界なんだけどね」

「そ、そうなんですか……」

「沙莉奈も智也も、菜生ちゃんには借りがあるからさ」

あたしには何の実感も危機感もなかったけど、先生は違うみたいで。沙莉奈さんとあれこれ想定しながら、まるで事件の犯人でも推理しているようだった。

「しばらく菜生ちゃんは、外を出歩く時は背後にも注意するように。クマちゃんも、ちゃんと守ってあげなよ?」

「当たり前だろ。これ以上、迷惑かけられるもんか」

「なんか迷惑かけたの？」

「……いや？　別に？」

「ふーん。あーやしーい」

ともかくあたしは、それほど心配していなかったわけで。

それより沙莉奈さんが元気というか、楽しそうだったことがなにより嬉しかった。

▽　▽　▽

それから、わずか1週間。

本当に夜の世界というのは、横の繋《つな》がりが強いのだと驚いている。

こんなことが実際、自分の身に降りかかるとは思ってもいなかった。

「いいか、颯。素早く、静かに、徹底的にな」

「了解」

沙莉奈さんから連絡があったのは、タンパク質が足りないと夕飯を食べに来た瀬田さんに、圧力鍋で20分加圧しただけの「豚と卵のカンタン角煮《かくに》」を出したあと。

どうやら吉祥寺のお店であたしたちの聞き込みをしていた不審な男が、今まさに駅の南口にある焼き鳥屋に居るというのだ。

時刻は午後9時。

南口にある目的の焼き鳥屋に、なぜかあたしも一緒に急いでいる。

先生は相変わらず、Tシャツに黒のハーフパンツというラフな恰好《かっこう》だけど。

八木さんはいつも以上にチンピラ風——というか、マフィア風に見えてならない。

それは喪服《もふく》に近いような黒のスーツ上下に、襟シャツがいつものテラテラした紫ではなく白で、おまけになぜか黒の細いネクタイまで締めているからだろう。

「あの……やっぱり、あたしも行かなきゃだめですか？」

「悪いね。できればオレらの背後から、面通《めんとお》しをしてもらいたいから」

「顔確認、ですよね。あたし、そんなにハッキリ見てないんですけど……」

「いや。関根さんなら、鉄板の装甲《そうこう》越しに敵の気配を感じ取れるはずだ」

「……いや、さすがにそれは」

「大丈夫だよ。颯がいれば、問題ない」

「うっす」

すれ違う人が、ほとんど振り返っているけど。

今まで見せたことがないほど本気モードの八木さんは、違う意味で大丈夫だろうか。

壁のように前を歩くふたりに自然と守られながら、ピンクの像がぶら下がる南口の「仲通街」を通り抜け。居酒屋、バー、レストランの看板が雑多に並び始めたあたりで、ひとつの赤提灯《あかちょうちん》を前にして先生が止まった。

「ここだな……」

そしてすぐにスマホを取り出し、タップして誰かに電話をかけ始めた。

「まだ、中に居る？」

「えっ！　中で誰か張り込んでるんですか⁉」

これではまるで、刑事が現行犯逮捕に突入する状態。

さすがにこれは、やりすぎではないだろうか。

「――サンキュ、角《かど》のテーブル席な？　先に颯を入れる――大丈夫だ、問題ない」

スマホを切ると、先生は無言のまま手信号で八木さんに指示を送った。

これはたぶん突入の合図だと思うけど、お店で大暴れしたりしないかな。

「あ、あの……八木さん？」

それには答えず親指を立てただけで、静かに暖簾《のれん》をくぐり。

「いらっしゃい！」

それほど混んでいない店内に大将の声が響く中、八木さんは足を止めずに迷わずお店の中へと消えていく。

先生がその後を追おうとした時、またスマホが鳴った。

「おう――あっ、そう――あいよ、りょうかーい」

「……今度は誰です？」

「颯だよ。大丈夫だから、入って来ていいってさ」

「大丈夫って……」

「まぁまぁ、立ち話も目立つし。今から場所を変えるのも、めんどくさいし」

先生が何の迷いもなく入って行くものだから、恐る恐るあとについて行くと。

お店に入ってすぐの壁側テーブル席で、グレーのスーツを着た男性が八木さんと壁に挟まれて怯《おび》えながら座っていた。

この構図、善良な市民が悪い黒服に絡まれているようにしか見えない。

でも先生はお構いなしにその向かいに座り、普通に注文を始めてしまった。

「大将。生ふたつと、ウーロン茶。それからタコわさと、串盛《くしも》り5点ね」

「あいよーっ！」

たぶんウーロン茶はあたしの分だと思うし、広くないお店の入口でいつまでも立っているわけにもいかず。小さく背を丸めて、先生の隣に座るしかなくなってしまった。

でも、誰も何も話さない。

スーツ姿の男性はビールとおつまみの揚げ物を前にしながら、こちらも背を丸めたままテーブルの下に隠した両手を出そうとはしない。

いや——よく見ると八木さんの片手が、スーツ男性の肘のあたりを掴んでいた。

何かの技をかけて、動けなくしてるような気がしてならない。

そのうちビールとウーロン茶が運ばれて来たのに、八木さんは片手を出さないままジョッキを持ったので、やっぱり間違いないと思う。

「じゃあ、みんなで乾杯しますか。ほら、どこの誰だか知らないアンタも」

「せ、先生……？　なんか色々、大丈夫なんですか？」

「いいじゃない。こういう即席の飲み仲間も、西荻っぽくない？　なぁ、颯」

「おい。乾杯」

八木さんのひと声で、スーツの男性は掴まれていない反対の手で飲みかけのビールジョッキに手をかけた。

仕方ないのであたしもウーロン茶を持ったけど、非常に気まずくてたまらない。

「よーし。じゃあ、一件落着ということで――かんぱーい」

先生の音頭に合わせて申し訳程度にジョッキを当てたものの、スーツさんはまた下を向いて小さく背を丸めてしまった。

ガーッと一気にビールを半分ぐらい流し込んで、ぷはーっとひと息つく先生。

八木さんはそのままジョッキを置いて、片手を放す様子はない。

「おっ、鶏なんこつ揚げだ。ここの、美味いよね」

何の迷いもなく、先生はスーツさんのおつまみをヒョイとひとくち。

その光景は、はたから見れば仲が良さそうに見えなくもない。

「先生……あの、先生？」

「いいの、いいの。ここはオレが奢《おご》るからさ。それより――」

運ばれてきた「タコわさ」を受け取ったあと、先生は急に真顔になった。

「――オレは小野田玖真。そっちは八木颯で、こっちは関根さん。で、アンタは？」

スーツさんの喉仏《のどぼとけ》が、ごくりと動くのをはっきり見た。でも唇を何度か舐めて視線を泳がせるだけで、名乗ろうとはしない。

「えーっ。相席《あいせき》居酒屋でも、それぐらいの自己紹介はするでしょ。ちなみに隣の颯は無口だけど、わりと『力持ち』で『色々とできる奴』なんだよなぁ」

それを聞いたスーツさんの目元がピクついて、初めて小さく口を開いた。

でもその声は「蚊の鳴くような」という表現が、本当にピッタリだと思う。

「こ、この腕を……は、放さないと」

「え？ なんか、勘違いしてない？ 颯は酒の席でアンタと『仲良くなって』『腕を組んでる』だけなのに」

「違《ちが》――これは、れっきとした暴力行為で」

「どこの興信所《こうしんじょ》？」

「……え？」

相変わらずの切れ長な目で、クールにタコわさをつまみながら。先生は「興信所」という、考えもしなかった単語を口走った。

「暴力行為とか法律っぽい言い回しだけど、アンタは弁護士の雰囲気じゃない。オレ、興信所につけられたことが何回もあるから分かるんだよ。誰に頼まれたの？」

興信所——つまり、探偵につけ回されたことまであるなんて。

ちょっと色々、経験しすぎな感じがしないでもない。

「……それは、違」

「大丈夫？　興信所じゃないって『否定』したら『虚偽《きょぎ》』にならない？」

「う……」

次に運ばれて来た串盛り5点のレバーをかじって、ビールで流し込む先生。

たぶんこのスーツさんより、先生の方が上手《うわて》なのだ。

「関根さん。買い物の時につけ回してた奴って、コイツでしょ？」

「急にそう言われても……遠目《とおめ》でしたから、なんとも」

そんなことを断言できる距離じゃなかったし、チラッとしか見ていないし、気のせいかもしれないし。

だいたいあたしには、興信所に調べられたりする理由なんてない。

「関根さんをつけ回してた理由が、ぜんぜん分かんないんだよなぁ。それとも関根さん、なんかワケあり女子なの？」

「ないです、ないです。あるはず、ないじゃないですか」

「だよねーっ！　だったら、なんでつけ回したのか知りたいなぁ！」

急に声を大きくした先生に、まわりのお客さんの視線が集まった。

それを見た興信所のスーツさんが、嫌な汗を額に浮かべて慌てている。

「も、もうちょっと声を小さく」

「えっ、なんで⁉　だって探偵さんでしょ⁉　普通は驚くでしょ！　めっちゃ気になるでしょ！　興信所につけ回されるなんて――」

「だから、大声で……その、興信所とは……」

「――あーっ、ごめん！　オレ、酔うと声が大きくなっちゃうらしくてさぁ！」

「か、勘弁《かんべん》してください……」

先生は鳥皮を塩で食べながら、頭を下げているスーツさんを見ている。

その視線の、なんと無感情なことか。

「オレさぁ。金も時間も、持てあましてるんだよね。同級生で弁護士やってる奴もいるし、ちょっと『そういうの』をやってみたいなって思ってたところだし」

「そういうの……？」

「そっちのボスも慣れてるでしょ。何年かかるか知らないけど、やってみない？」

話をよく聞いていると、さっきから先生はグレーな内容しか口にしていない。

たぶんそれは脅迫《きょうはく》にならず、強要《きょうよう》にならず、かといって「訴える」ともはっきり言わず
――ただ聞きようによっては、そう捉《とら》えられるように言っているのだ。

「……勘弁、してください。そのあたり、お詳しいようじゃないですか」

「勘弁してください――つまり『これ以上はやめてください』って意味かぁ。謝《あやま》らないあたりは、ちょっとだけプロっぽいよね」

そう言って先生が目で合図すると、ようやく颯さんは握っていた手を放したらしい。

興信所のスーツさんはため息をついて、少しだけビールに口をつけていた。

「守秘義務《しゅひぎむ》、ご存じですよね……」

「こう見えても、オイシャサンだからねー」

「……おっしゃる通りなので、これ以上は勘弁してください」

「アンタ、何年目？」

「勘弁、してください……」

それ以上のことは決して口にせず、興信所のスーツさんは自分が飲んだ分をきっちり計算して払い、焼き鳥屋を慌てて出て行ってしまった。

「基本は分かってるみたいだったけど……アイツ、怒られるだろうな」

「新人だよね」

ひと仕事終えた感じでようやく口を開いた八木さんは、ジョッキを傾けてゴキュゴキュッとビールをほとんど全部流し込んでしまった。

ふたりとも、ビールの飲み方がちょっと荒いと思う。

「けどさぁ。なんでオレじゃなくて、関根さんなわけ？」

「クマさん、また女？」

「だから最近、そういうのはないんだけど……まぁ、いいや。考えるのはあとにして、とりあえず飲んで帰ろうぜ。関根さんは、なに食べる？　つくね、美味いよ？」

何がなんだか分からないうちに、謎の興信所問題は終わってしまい。ふたりはメニューを見ながら、タレにするか塩にするかでもめている。

でも、本当にこれで終わりにしていいのだろうか。

「颯。スマホ、鳴ってるぞー」

「鳴ってないけど」

ふたりの視線が、あたしに向いた。

「あっ。あたしです――」

着信に浮かんだのは、見るのも久しぶりな「晴美《はるみ》」の文字――母さんからだ。かけてくること自体が珍しいのに、陽が沈んでからというのは初めてかもしれない。

「――もしもし、久しぶり。どうしたの、母さん」

『菜生？　ごめんね、こよな時間に』

「ううん、大丈夫。それより母さんこそ、こんな時間にどうしたの？」

『あのね……その、あんまり驚かんで欲しいんじゃけど……』

「どうしたの？　そんなこと言うの、初めてじゃない」

『お父さんが、倒れてしもうてね』

「えぇっ！　いつ⁉」

『あっ、今日なんじゃけど……そうよに大事なことには、ならんかったんよ』

「そんなこと言ったたって、倒れたんでしょ⁉」

『え？　まぁ、そうじゃけど……大丈夫そうじゃけぇ』

「今、病院⁉」

『菜生、大丈夫よ。大事には、ならんかったけぇね』

「大丈夫、大丈夫って……母さんこそ、大丈夫？　病院の説明、ちゃんと聞けた？」

『どういうんかね……過労《かろう》？　らしいんじゃけど、大事にはなっとらんけぇ』

同じことを何度も言うあたり、たぶん動揺しているのだと思う。

なんでこう、今までなかったような非日常的なことが続くのだろうか。

「ねぇ、母さん……ちゃんと病院の説明は聞いて来た？　父さん、今どうなの？」

『うん、もう寝てしもうたけど……その』

気が弱くて家庭に入ったままパートもしたことのない母さんに、あの頑固な父さんの面倒が見られるとは思えない。父さんは父さんで、病院からの指示をちゃんと守っているか分かったものじゃないし、そもそも治療に従《したが》うとも限らない。

百歩譲って父さんはそれでいいとしても、今度はそのことで母さんが気に病むのは間違いなく、その姿を見て今度は父さんがイラつき、それでさらに母さんが輪をかけて気に病むという負の連鎖が始まるに決まっている。

「わかった。ちょっと、そっちに戻るから」

『そう？　そうしてくれると、ウチも助かるし……お父さんも』

「とりあえず……今日は、大丈夫なんだよね？」

『大丈夫よね。大事には、なっとらんのじゃけぇ』

「……わかった。職場の人に相談して、明日なるべく早く行くから」

『ごめんね、菜生。ありがとね』

スマホを切ると、思わず大きなため息が出てしまった。

「どうしたの、関根さん。倒れたって、誰か病気？」

「えぇ……今日、父さんが」

「今日？　心臓か脳血管に、持病《じびょう》とかある？」

「なにもないです。母さんは、過労だって言ってましたけど……」

「関根さんは、心配じゃないの？」

「まぁ、心配は……どっちかっていうと、母さんの方が心配ですかね」

「なにそれ。お父さんのこと、嫌いなの？」

「……好きじゃないです。この前だっていきなり電話してきたせいで、まぶたと唇が腫れあがったんですから」

「あー、あれか。あの時って、それが原因だったんだ」

「なにを考えてるんだか、急にお見合いしろとか言い出して」

「お見合い？　関根さんに？」

「昔から、なんでも自分の言う通りになると思ってるんです。あたしも母さんも、家族じゃなくて部下ぐらいにしか思ってない人なんで」

「へー。仕事は何してんの？」

「今も、バリバリの営業です」

「営業で、過労か……厳密《げんみつ》には『過労』って診断名、ないんだよね」

「そうなんですか？」

ぽんじりの串をかじりながら、先生はなにやら考えているけど。

なんだか、問診を取られている気分になってきた。

「お父さん、歳は？」

「えーっと……たぶん、56ですかね」

「まだ、そんなに歳じゃないか」

「なにか思い当たる病気、あります？」

「あるっちゃあるし、ないっちゃないし」

「……ですよね」

「まぁ、行ってみればわかるでしょ」

「いやだなぁ……なんか、よく分かんないことが続くのって」

「前後関係じゃなくて、因果関係だったりして」

「……なんですか？　それ」

先生はジョッキのビールを空にして、コーラハイボールとモツ煮を注文している。

その妙に落ち着いた様子を見て、八木さんは生ビールをお代わりした。

「ところで関根さんの地元って、どこなの？」

「広島ですけど」

「そっか。じゃあ、明日にでも行ってみるか」

「すいません……急に、お休みもらっちゃって」

「いや、オレも行くんだけど」

「……はい？」

すんなり翌日にお休みをくれたのは、ありがたかったけど。
先生が一緒に来る理由は、さっぱり分からなかった。

第4章　それぞれの価値

広島県が遠いと言っても、東京の人にはその距離がピンと来ないかもしれない。

新幹線で、ほぼ4時間。

東京から大阪までで約2時間半、そこからJR西日本に切り替わり、さらに約1時間半という距離。

それが、遙《はる》かなる広島への旅路なのだ。

「いやぁ……思ったより遠かったなぁ」

どうやっても薄暗い印象の消せない広島駅の新幹線ホームに降り立ち、小野田先生はキャリーバッグを置いて「うーん」と、思い切り背伸びをしていた。一応気を使ってなのか、着慣れないグレーのスーツと革靴で、さらに疲れたのかもしれない。

「だから、言ったじゃないですか。なんで、先生までついて来たんですか？」

「まぁ、直感？　なんとなく関根さんだけだと、なんとなく心配だったから」

おかげで足がめちゃくちゃ伸ばせるグリーン席に座れたのは、ラッキーだったけど。

ずいぶん「なんとなく」あたしが何かやらかしそうだと思われているらしい。

「父さん、命に別状があるわけじゃないですし……だいたい先生のこと、なんて説明すればいいんですか」

「え？　バイト先の病院の院長で、いいんじゃないかな」

「じゃあ……なんで一緒に来たことにするんです？」

「オレ、本場で『広島焼き』を食べてみたかったんだよなぁ」

「ちょっと、よく分からない理由ですけど……ちなみに『お好み焼き』ですから」

「なんで広島の人って『広島風お好み焼き』って、正式に言わないと怒るの？」

「違います。『広島風』は付きません、ただの『お好み焼き』です」

「え。じゃあ、大阪とはどうやって区別するの？」

「……止めましょう。この会話、不毛なんで」

「なんかオレ、悪いこと言った……？」

年に1回、10年間も見比べているけど——広島はそれほど大きく変わらない。

そう思うのは、高校までの記憶に輝く素敵な思い出がないからだろうか。

ともかく憂鬱な気持ちで一杯になっていたら、いつもの癖で駅の南口に出てしまい。

仕方なくバスに乗ろうとしたら、なぜか先生が妙にはしゃいでいた。

「おっ！　あそこの『ちんちん電車』で行くの⁉」

「正式には広島電鉄《ひろでん》の路面電車と言います。あと、バスで行きます」

「なんで、なんで？　広島なら、ちんちん電車に乗るべきじゃない？」

「広電《ひろでん》は基本、八丁《はっちょう》堀《ぼり》か宇品《うじな》か宮島《みやじま》にしか行かないと思っててください」

「えーっ。ちんちん電車に乗らないんなら、タクシーでいいや」

「……なんでそんなに、ハイなんですか？」

「逆に、なんでそんなにダウナーなの？」

「仕方なしに、新幹線で4時間もかけて帰省してきたからですね。帰りの時間も考えたら、8時間——1日の3分の1になるからですね」

「あー。お父さんと、仲が悪いんだったね」

今からすでに、父さんの顔がチラついてならない。病院からは1週間の自宅療養を言い渡されているらしいとはいえ、果たしてそれに従っているだろうか。

さすがに昨日の今日なので仕事には行かず、家に居るらしいけど。それはそれで、母さんが心配なのだ。家でもあれこれ上司ぶって指示を出す父さんに振り回されて、あたふたしている姿が目に浮かぶ。

たぶんその光景は、あたしが家に居た頃と変わっていないだろう。

「じゃあ、タクシーにしますか？ 近いですけど」

「だね。ちんちん電車じゃないし」

見覚えのある黒い広島《ひろ》タクシー《タク》に乗ると、住所が口からスラスラと出て来るのもイヤで仕方ない。

「東区の矢賀《やが》なんですけど、とりあえず文明堂《ぶんめいどう》のカステラまでお願いします」

「あけぼの通りの、高架橋のところ？」

「はい。ぐる手前で、また──」

不思議そうな顔をしている先生がなにを考えているか、だいたい想像がつく。

なぜ広島なのに長崎の文明堂なのか、ということだろう。

でも仕方ない、それが一番わかりやすい目印なのだから。

「おぉ……ちんちん電車と車って、事故《じこ》りそうじゃない？」

車道を路面電車と並走するのが、珍しくて仕方ない様子だった先生だけど。残念ながらすぐ反対側に折れて「あけぼの通り」へ荒神《こうじん》陸橋を越えてしまい、区役所と図書館を過ぎる頃には、肘をついてボンヤリと窓の外を眺めるしかなくなっていた。

「あ、運転手さん。その手前を左に入ってください」

「一方通行《いっつう》の方？」

「そこまで入らなくていいです。スーパーの駐車場から歩けるんで」

ここまでテンプレの説明を終わらせると、あとはタクシーを降りて歩くだけ。子どもの頃お世話になった記憶のある内科の角を、キャリーバッグを引いて曲がり。車のすれ違いも難しい古い住宅に挟まれた一本道を、黙々と歩いて行く。このあたりは再開発の手が入っていないので、まだ「蔵」のある家も珍しくない。

気づくと先生は、ネクタイを取り出して歩きながら締めていた。

「器用ですね。けど、別にネクタイまでしなくていいと思いますよ」

「そうはいかないでしょ。一応オレ、社会人だし」

やがて左手に見えてきた、リノベーションもしていない築40年の木造二階建てという古民家レベルの住宅が、あたしの実家。ちなみに玄関は、ドアではなく引き戸だ。

「じゃあ、先生。心の準備はいいですか？」

「準備が必要なのは、関根さんの方じゃないの？」

子どものように頭をぽんぽんされて、ちょっと安心した自分が悔しい。

力一杯押さないと鳴らないチャイムも昔のまま、しばらくすると聞き慣れた声で母さんが玄関の引き戸を開けて顔を出した。

「まぁまぁ、菜生。東京から大変じゃったろ――」

どこで買ったか分からないような寒色系の服に身を包み、いわゆる田舎《いなか》迷彩な姿になっているのは相変わらずだけど。母さんの髪には、だんだんと白髪が増えている。

そしてその視線はあたしではなく、後ろに立っている先生に釘付けになっていた。

「あ、母さん。こっちは、今バイトでお世話になってる病院の院長先生で」

スーツの内ポケットに手を突っ込んだ先生は、見せたことのないビジネス・スマイルと共に、素早く名刺を両手で差し出した。

あたしより確実にスムーズで早いけど、先生ってこんなに社交的だったろうか。

「東京の西荻窪で診療所を開設しております、小野田と申します。この度《たび》は関根さんのお父様が過労で倒れられたということで、ご挨拶も兼ねて関根さんと待ち合わせて一緒に伺《うかが》わせていただきました。広島へは出張で来ておりましたので、手土産《てみやげ》も持ち合わせておりませんが、どうぞご容赦《ようしゃ》ください」

誰これ、本当に「あの先生」なの？

日頃からこうしてれば、めちゃくちゃ好感度が上がると思うんだけど。

「あら……えっ、先生……？　診療所って、菜生……？」

「あー、ごめん。言ってなかったよね。あたし前の会社を辞めて、今は先生のところで……っと、助手？　みたいな、受付？　をやらせてもらってんの」

「はぁ、そうなんですか……お世話になって……まぁ、院長先生じゃいうて……」

「一緒にあがってもらっていい？　ついでに、父さんの様子も診てくれるって」

「えっ⁉　あ、そうじゃねぇ……うん、まぁ……せっかく来てもろうたんじゃけ」

「……母さん？　なんで、そんなに慌ててんの？」

「そりゃあ、あんた……掃除もしとらんし、汚《きたな》げなとこへ先生を」

「母さんが掃除してないわけないよね。昔から洗濯と掃除は、毎日ぜったい午前中に終わらせてたじゃん」

「そりゃあ、あんた……昔のことじゃけえ」

「なにかあった？」

母さんは正直すぎて、すぐ顔に出る。視線は落ち着かなくなるし、瞬きが増える。やがて右手の親指で人差し指をこすり始め、手汗もかいていないのに手のひらを太ももで拭《ぬぐ》う。だから母さんのスカートもデニムも、だいたい太ももの生地から薄くなっていくのだ。

「なにか、いうて……あんたこそ、何を言いよるんね」

「おい——ッ！」

その時、家の奥から大声が響いた。

何年経っても、この声を聞くと体がわずかにすくんでしまう。

「——玄関で、なにしとるんや！　菜生が帰って来たんじゃろうが！」

「い、今……あがってもらおう思うて」

「あがってもらう!?　もらういうのは、どういうことや——」

どすどすと大股で歩く音を廊下に響かせ、父さんまで玄関にやって来た。

毛玉が付いたグレーのスウェット上下を着た大男。無精髭《ぶしょうひげ》の伸びるスピードがやたら早いのに、家では決してヒゲを剃《そ》らない。年に何度も笑わないので、眉間に刻まれたシワが薄くなることはなく。その強面は、八木さんとはまた別の荒々しさがある。

これがあたしの父さんですと、誰にも紹介したくなかった理由のひとつ。

もちろん理由は、見た目だけの問題ではない。

「――あんた、誰や？」

「初めまして。東京の西荻窪で診療所を開設しております、小野田と申します」

先生がまた名刺を出そうとした時、父さんの口から信じられない言葉が出た。

「あんたが、小野田か……」

んん診療所でバイトをしていることすら教えていなかったのに、なぜ父さんは先生のことを知っているような口ぶりなのだろうか。

「父さん、どういうこと？」

「どういうことというて、なんや」

「昨日倒れたのに、なんでそんなに元気なの？　だいたい、小野田先生のこと」

あたしの質問には一切答えないのも、相変わらずで。

不愉快そうに背を向けながら、ぼそっとつぶやいた。

「まぁ、ちょうどええわ。あがってもらえ」

さっさとリビングへ戻っていく父さんの後を、慌てて母さんが追いかけていく。次に言われることは分かっているので、急いでお茶の用意でもする気なのだろう。

昔ながらの広い土間《どま》みたいなスペースのある玄関には、いつも母さんが乗っている自転車と大きすぎる靴箱、そしてあたしと先生がぽつりと残された。

「……なんなの、父さん。どういうこと？」

「そういうことなんじゃない？」

「過労で倒れた次の日って、寝て起きたらこんなモンなんですか？」

履き慣れない革靴の紐をほどきながら、先生はいつも通りの笑顔を浮かべている。

なんで今このタイミングで笑顔なのか、さっぱりわからない。

「前後関係じゃなく、因果関係だったってことでしょ」

「……はい？」

やはり今日は、先生が一緒にいてくれて正解だったかもしれない。

だって今のあたしは、この状況をなにひとつ理解できていないのだから。

▽　▽　▽

うちのリビングにあるテーブルには、座る位置がキチンと決められている。

窓を背に、いわゆるお誕生日席というか王様席が父さん。母さんはすぐに色々と運んで来られるように、キッチン側。そしてあたしや来客者は、母さんの向かい側。

急いで準備されたお茶と簡単なお菓子の並べられたテーブルは、ただ沈黙していた。

「ねぇ、母さん？　父さん、別に元気そうだけど」

「え？　あ、うん……そうじゃね……今日はなんか、調子がええんかね」

「なに言ってんの？　電話してきたの、昨日でしょ」

「そ、そよなことも……あるじゃろういうて、病院の先生も」

「ここに病院の先生が、もうひとり居るんだけど。それでも、まだそう言うの？」

「いや、そういうんじゃないんよね……」

母さんの視線が、明らかに父さんへ助けを求めている。

まさかという疑惑は、これ以上ないほどの確信に変わった。

「……父さん。母さんに、嘘つかせたね？」

ガッと湯飲みを握り、豪快《ごうかい》にお茶を流し込む。

この仕草は、父さんがなにか意を決した証拠だ。

「あんたが、小野田か」

「改めまして。東京の西荻窪で診療所を開設しております、小野田と――」

「知っとる」

「――だと思いましたので、本日は厚かましくも伺わせてもらいました」

ふたりの素早い会話の応酬は、なんのことを言っているのか全然わからない。

唯一わかったことは、父さんは過労でもなく、倒れてもいないということだ。

「ほんまに厚かましいよのう。呼ばれとりもせんのに、見ず知らずの家へいきなり来るいうんは、常識的にどうかと思うで」

常識的にどうかしているのは、倒れたと嘘をついて——しかも自分からではなく母さんを使ってあたしに連絡させた、父さんの方だ。

「父さん……なんで倒れたなんて、嘘ついたの」

「菜生は黙っとれ」

「なに言ってんの？　だいたい、小野田先生に失礼じゃない」

「おまえと話をしとるんじゃないけぇ、口を挟むな言うとろうが」

「嘘ついて広島《こんなとこ》まで呼んでおいて……」

「そうでもせにゃあ、おまえは広島《こっち》へ戻って来《こ》んじゃないか」

「……年に1回で、十分だと思うけど」

「だいたい嘘をついとったんは、菜生。おまえの方じゃろうが」

「あたしが？　父さんに、いつ嘘を——」

どんっ、と割れるのではないかという勢いで湯飲みをテーブルに置いた父さん。

テーブルに飛び出したお茶を拭くのに、母さんはまたオロオロしている。

「勝手に仕事を辞めたのに黙っとったんは、おまえの方じゃろうが！」

この恫喝《どうかつ》は、前職の上司である篠崎さんの比ではない。

なぜならこれは、あたしが子どもの頃から刷り込まれた恐怖。

母さんにとっては、あたしが生まれる前からのもの。

でもあたしは、いつまでもこんなものに引きずられたくない。

「……なんでいちいち、父さんに転職の相談報告をしなきゃなんないの」

「大学まで出してもろうといて、なにを偉そうに言うとんや！」

いつもこのセリフで、あたしは黙り込んでしまう。

けど今日は、父さんのこの言葉から逃げたくなかった。

「あたしだってね、もう28なんだよ。もうすぐ30になるんだよ。いつまでも父さんの言いなりになって生きて行くつもりなんてないし、自分の生き方や将来は自分で決めるものだって、ようやくこの歳になってわかったの」

「いいや。なんもわかっとらん」

「……は？」

「ワシがもろうてきた縁談が、今のチンタラした生活と比べてどれぐらいええもん《いいもの》か、少しもわかっとらんじゃないか。どうせおまえは料理のひとつもできやせんのじゃけぇ、広島《こっち》へ帰って遅すぎる花嫁修業でもすりゃあええんよ」

そうやって「秒」で全否定してくるのが、父さんのやり方。そして必ず畳みかけるように、追い打ちをかけてくる。これを繰り返されると、そのうち反論する気力がなくなってくるのだ。

でも今日は、ここで折れて黙り込むつもりはない。

「父さんこそ、今のあたしの生活がどれぐらい充実してるか、わかんないでしょ」

「いいや、知っとるで。どんだけつまらん生活しとるか、ちゃんと知っとるわ」

「ねぇ、どうやったら広島から知ることができるわけ？　いつも自信満々に――」

不意に、隣の先生が軽く肘を当てて合図してきた。

意味が分からず振り向いたら、父さんを見据えたままの先生が小声でつぶやいた。

「焼き鳥屋」

「……え？」

「前後関係じゃなく、因果関係だったってこと」

焼き鳥屋――それって昨日、あたしたちをつけ回していた興信所の男のこと？

先生とあたしのことを聞き回っていた――。

「父さん……まさか、娘に興信所をつけたの？」

ゆっくりお茶をすったあと、父さんは横柄《おうへい》な態度で椅子に反《そ》り返った。

その「なんでもお見通し」だと言わんばかりの目が、すべてを物語っている。

「おまえの行動は、昔からよう知っとる。ワシが特に調べてもろうたんは、そっちの怪しげな医者のことよ」

「……なんて親なの」

「そいつ――小野田玖真いう男はのぅ、酒と女とギャンブルに溺《おぼ》れて遊んでばっかりの、ロクに貯金もないクズ医者よ。せっかく大学病院の講師になっても辞めて、開業しても長《なご》う続かず、あちこちを点々としとるんで？　それをおまえは、わずか1ヶ月のバイトの身で全部知っとった言うんか？」

「ええ加減にしてやね――」

思わずまた、忘れようとしていた広島弁に戻ってしまった。

でも、もういい。

これ以上は、もう我慢できない。

「――なんも知らずに興信所の新米《しんまい》探偵から、そんな上辺だけのことだけを聞かされて。それを鵜呑《うの》みにしとるんは、父さんの方なんよ？」

「ほしたらおまえは、この男のなにを知っとる言うんや！」

「先生はねぇ。あたしに大事なことを教えてくれた人なんよ。あたしのじんま疹も、あたしのストレスも……ぜんぶ治してくれたんは、小野田先生なんじゃけえ」

父さんの顔色が、みるみる赤くなっていく。湯飲みを握った手は小刻《こきざ》みに震えているし、顎《あご》の付け根がピクピクしているのは奥歯を噛みしめている証拠。それはおそらく、数年に一度あるかないかの怒鳴り合いになる予兆だ。

「たった1ヶ月で、もうその男と寝たんか！」

「なッ――そうよなことしか考えられんで、ようも今まで営業の仕事が続けられたもんじやね！」

「おまえにワシの仕事の、なにが分かるいうんや！」

「分かるよね。あたしも営業の裏方を6年もやらされた挙げ句、セクハラとパワハラだらけの営業に飛ばされたんじゃけぇ」

昔のようにお互いの感情がぶつかり合っても、今日のあたしは引く気はない。

するとなぜか隣で静かに母さんをじっと見ていた先生が、ようやく口を開いた。

「お母さん。頭痛ですか？」

いきなり話を振られた母さんも、驚いて動揺している。

それより先生は、この状況で母さんの何に気づいたのだろうか。

「あ……いや、別に大したことじゃのうて……その、ちょっと持病の」

「では、耳鳴りですか？」

「え……」

いつの間にか母さんの手には、錠剤のシートが握られていた。

母さんが昔から耳鳴りで耳鼻科に通っていることを、なぜ先生は知っていた——いや、気づいたのだろうか。

「あちこちの科を回って検査をされても異常がなく、聴力にも問題がない。最終的に耳鼻科で『心因性』あるいは『ストレス性』の耳鳴りと言われていませんか？」

「な、なんで……それを」

「その錠剤は、ロフラゼプ酸エチル錠。ベンゾジアゼピン系の薬剤で、大雑把に言えば抗不安薬です。各科で精査《せいさ》が済んだうえで、それを処方されているとなれば――」

先生はちらっと父さんの方を見て、少しだけため息をついた。

「――生活環境から考えて最も頻度が高いのは、ストレス性の耳鳴りではないかと」

あたしと父さんが言い合いをしている間、逆に先生は冷静に母さんのことを観察してそこまで考えてくれていたのだ。

「先生……母さんの耳鳴りの原因って、まさか」

「さぁ。原因までは、ちょっとわからないけど……オレも昔、よく飲んでたからさ」

場を和ませるためか、口元に笑みを浮かべているけど。

先生の言葉で、すべてを理解した。

あたしは子どもの頃から、じんま疹体質だと言われてきた。母さんはあたしが物心ついた頃から耳鳴りが酷くなり始め、病院をいくつも受診していたことを思い出す。

母さんが昔から困っていた耳鳴りの原因は間違いなくストレス性で、原因はあたしのじんま疹と同じものだったのだ。

だとしたら、そのストレスの原因は――。

「父さん……これがどういうことか、理解できる？」

「な、なんやその目は！　晴美の耳鳴りは、ワシのせいじゃ言うんか!?」

「先生の話、聞いてなかったでしょ。自分に都合の悪い話は、昔っからそう」

「さっき来て薬を見ただけで、このボンクラ医者に何が分かるいうんや！」

「先生がボンクラ医者かどうか――」

「まぁまぁ、関根さん」

「――だって、先生」

穏やかにあたしの目を見た先生は、とても冷静で。なにひとつ反論せず、持って来たカバンからクリアファイルに入った書類を取り出した。

「大事な娘さんの勤務先がどういう所で、その管理者がどういう人間か気になるのは、当然の親心だと思います。ですので、今日はこれをお持ちしました」

「な、なんや……これは」

「私の履歴書、ならびに会社概要《がいよう》です。興信所の報告書より、ましではないかと」

「会社？　あんた、診療所の院長じゃろうが」

「私は同僚の八木と、事業持株会社《じぎょうもちかぶがいしゃ》形式のホールディングスとして、現在の診療所を運営しております。残念ながら私はその手の話に疎《うと》いので、八木に任せっぱなしになっていることは否めませんが――」

事業持株……ホールディングスって、なんのことだろう。

んん診療所ってよく分かんないけどみんなの役に立っている、お支払いも自由なごはん病院だとばかり思っていたけど。

「——学歴や職歴はそこに記載させていただきましたので、口頭での説明は割愛《かつあい》させていただきます。お父さんの危惧《きぐ》されておられました私の『貯金』に関しては、興信所が把握《はあく》できたのはおそらく診療所のみの収支であり、ホールディングス全体を把握することが難しかったのではないかと思われます」

「くっ……」

興信所の報告書よりも詳細なものだったのは、間違いないだろう。

文面を目で追って、何か落ち度《ど》や突っ込みどころがないかと探しているのが手に取るようにわかるけど、見つからなくて必死になっているのも明らかだ。

「私と八木の経営方針は、一貫して『保険医療の制限と限界を超える』ことです。西荻窪で開設している自由診療はその一部であり、少しずつではありますが他分野でも保険医療では不可能なことを、より良い形で患者さんたちに提供できる目処《めど》が立ちつつあります。その詳細は2枚目以降に記載されていますので、是非《ぜひ》ご一読を」

背を正してまっすぐ父さんを見つめたまま、よどみなく説明する先生。ネクタイにスーツ姿なこともあり、ビジネスシーンに同席しているような錯覚に陥ってしまう。

「おま……こがあなことで、ワシが納得」

「ご質問があれば承ります。本日はそのつもりでお伺いさせていただいておりますので、どうぞご遠慮なく」

Ａ４用紙の束を握った手を震わせながら、父さんが言葉に詰まっていた。

相手を「秒」で全否定するのを得意としていたのに、今は逆にやられている。

しかもそれは、反論できないほど理知的で完璧なのだ。

「この、ここ……これは、おまえ……」

何としてでも突っ込んでやろうとしたせいか、次第に顔色まで悪くなり。やがて片手で、胸元まで押さえ始めていた。

負けず嫌いというか、言い負かされたことがない分だけ、悔しいのは分かるけど。

そこまで必死になるとは、自分の親ながら大人げなくて本当に情けない。

「お父さん？　どうされました？」

「だ、誰が……お、まえの……お父さ……」

書類を片手に胸を押さえたまま、父さんは前のめりにテーブルへ顔をうずめた。

それは少し演出過剰だと思っていると。

椅子を跳ね飛ばした先生が、慌てて父さんに駆け寄った。

「せ、先生？」

「お母さん！　お父さんは、毎日飲んでいる薬がありますか⁉」

「えっ⁉　い、いや……その、あれは……お父さんに言われただけで」

「それは、もういいです！　今まで大きな病気に罹《かか》ったことは⁉」

テーブルに崩《くず》れ伏している父さんの手首と首筋に手を当て、先生は今まで見せたことのない緊迫した険しい表情になっていた。

口元に耳を当てて呼吸を確認し、ピッと腕時計を鳴らして何かを計り始めている。

「お父さん！　関根さん⁉」

先生の呼びかけに、父さんからはなんの反応も返ってこない。

「ちょ、先生……まさか、父さん」

「関根さん！　お父さん、会社の健康診断で何か言われたことは⁉」

「いや……ちょっと、それは知らないですけど……」

「今まで失神《しっしん》したことはないか⁉」

「……な、ないです。ないです」

「お母さんは、何かご存じでないですか⁉　生活習慣病、高脂血症《こうしけっしょう》、なんでもいいです！　お父さん、なにか言われたことは⁉」

「あぁ……いいえ、なんも……元気な人で、今までなんも……そんな」

そう言っている間に椅子からひきずり降ろし、先生は父さんを床の上に仰向けに寝かせ。着ていたスーツの上着を脱いで、丸めて父さんの首の下に敷いた。

なにこれ、父さん本当に危ないかも！

過労で倒れたのって、嘘だったんじゃないの⁉

「この家に自動体外式除細動器《AED》、なんてあるはずないよな――」

迷わず先生は横たわった父さんのそばに膝立ち、両手で胸の圧迫を始めた。

これはテレビなんかで見たことのある「心肺蘇生」に違いない。

「――戻れ、チキショウ――戻れ、この」

その光景を見て、あたしも母さんも身動きできなくなってしまった。

やがて先生は父さんの顎を持ち上げて鼻をつまみ、迷うことなく口を付けて強く息を2回ほど吹き込んだ。

「戻れよ、頼む！　戻れって！」

またすぐに胸の圧迫に戻ろうとした時、父さんがわずかに呻《うめ》き声を上げた。

「う……うう……」

「よし、いいぞ！　ツイてる！　関根さん、こっちに来て！　お父さんに呼びかけ続けてくれるか⁉」

「は、はい！　と、父さん⁉　大丈夫なの⁉　父さんっ！」

「……うぁ？」

「わかる⁉　見えてる⁉　聞こえてる⁉」

「あぁ……菜生……？」

首元に当てた手を外さず、先生は片手で器用にスマホを取り出してタップした。

「——救急車の要請です。自宅で突然の意識消失と心肺停止。その後、約20秒でＣＰＲ開始。ＡＥＤなし。胸部圧迫と人工呼吸をワンセット施行したところで、患者の意識は回復。現在の心拍は頸部《けいぶ》触知《しょくち》で約１１０、脈拍は比較的強く触れています」

あたしの呼びかけに、父さんは何となくだけど応えてくれている。

そんなことしかできないあたしの横で、先生は淡々と１１９番に連絡している。

「顔色も比較的良好で、戻った呼吸はまだ速いですが不整ではありません。意識レベルはジャパン・コーマ・スケール《JCS》で、１の１……えっ⁉　あ、医師です。違います、自宅です。たまたま居たので。患者は——関根さん、お父さん何歳？」

「えっ⁉　ご……56歳です！」

「56歳、男性。生来《せいらい》健康で基礎疾患なし。住所は——関根さん、あとは電話で聞かれることに答えてくれる？」

「あたしがですか⁉」

「大丈夫、必要なことは伝えたから。オレは念のため、お父さんの方を診てるから」

渡されたスマホで何を聞かれて何をしゃべったのか、あとから思い出そうとしてもほとんど覚えていなかったけど。

ただひとつだけ、はっきり言えることがある。

それは先生と出会って、本当に良かったということ。

そして先生——小野田玖真は、やっぱりちゃんとした医者だったということだ。

▽　▽　▽

小野田先生にしばらく広島に残れと言われ、父さんが入院してから2日間は居たものの。

救急車で病院に着いた頃には普通に見えたし、外来の先生からは「念のために検査入院した方がいい」ぐらいに言われていたので、退院後のことは母さんに任せて西荻窪へ帰ってきた。

診断は「特発性心室細動《とくはっせいしんしつさいどう》」だったけど。これといった原因がわからないことや今まで心臓の病気をしたことがなくても起こることから「特発性」と言われており、いわゆる「突然死」の原因になる危険なものだという。だから再発するリスクや隠れている原因がないかを探すため、検査入院になったのだった。

「うん、わかった——うん、それ聞いたから。それより母さんの方が倒れそうだから、家でゆっくりしてなよ——うん、うん——はい、はい——じゃあね」

あれから毎日2回ぐらいは必ずかかってくる母さんの電話によると、その後の通院でもやっぱり原因は見つからないらしいけど。父さんはいつもと変わらず「病院食は不味《まず》いから二度と入院はしたくない」と言っているほど元気らしい。

もう少し広島に残っていた方が良かったのかもしれないし、世間的には「冷たい娘」だと思われているかもしれない。

でも別に介助が必要な状態でもないし、なにより忘れてはいけないことがある。

そもそも広島に帰った理由は「病気で倒れた」とバカげた嘘をつかれたからで、挙げ句に実の父親から興信所をつけられていたということだ。

それでもまだ、あたしは「冷たい娘」だと言われなければならないのだろうか。

永遠に許さないとは言わないけど、今すぐ許さなければならないのだろうか。

今回の入院で、28年間のあれこれを全部なしにしろと?

いや――結局あたしは、たぶん実家から逃げているのだと思う。

その結論に辿り着いた自分が、さらに自己嫌悪を呼び覚ました。

「はぁ……なんだかなぁ」

いつものように遅い朝ごはんを食べに、1階の診察室カウンターに降りていくと。

すでに八木さんは食べ終わったのか無言でコーヒーを飲んでいるし、小野田先生は珍しくハンドミキサーでボウルをかき混ぜていた。

「どうしたの、関根さん。朝から、ずいぶん凹《へこ》んだ顔してるけど」

「今日も母さんから、朝の定期連絡で起こされたので」

「一般の人には、午前9時ってそういう時間だもんなぁ」

今朝は好き放題のホットサンドではなく、何か「焼く系」だろうか。

チラッと見えたボウルの中身は、なんとなくホットケーキみたいな生地だけど。

「珍しいですね。今日はホットケーキなんですか？」

「うん？　いやぁ、それはどうかな……」

「まさか、お好み焼きですか？」

「いや、それはない。広島の人とお好み焼きの話をするのは、危険だと分かったし」

「関西の『お好み焼き』とは区別して欲しいって、言っただけじゃないですか」

それより、先生がボウルからお玉ですくっているのはカスタードだろうか。

いや、やっぱりあの感じはホットケーキのような気がする。

手のひら大に焼き終わるごとに、わざわざフライパンを濡れた布巾《ふきん》の上でジューッと冷やし。またお玉でボウルからカスタード色のドロドロをすくって、フライパンに投入していく先生。1枚3分ぐらいで次々と焼き上がってくるのは、表面が均一なキツネ色をした――ちょっとホットケーキにしては薄い、パンケーキというよりは「どら焼きの皮」みたいな感じのものだった。

「今朝はちょっと、これを食べて欲しくてね。たぶん、間違ってないと思うんだけど」

「えっ？　それ、４枚も重ねるんですか？」

「みたいだね。写真では、そうだったから」

「……写真？」

お皿にはホットケーキ風で、パンケーキ風で、大きなどら焼きの皮っぽい何かが４枚も積み重なっている。バターのいい香りもしないし、生クリームが乗っているわけでもない。

だからといって、ホットケーキ・シロップも見当たらない。

なんだろう、この感覚――ものすごく素朴《そぼく》な感じと一緒に、懐かしい感じもする。

「思い出した？」

「うーん……なんとなく、引っかかるものはあるんですけど」

「見た感じ、上からは何もかけてなかったと思うんだけどなぁ」

「何の写真を見たんですか？」

「まぁまぁ、まずは食べてみてよ」

「間にジャムとかクリームとか挟んでないみたいだし、１枚ずつ食べていいです？」

「どうぞ、どうぞ」

ナイフとフォークが要らないぐらいサラッとしているので、４枚重ねた意味も分からないまま、もういいやと１枚を手で持ってパクリとかじってみた。

「ん……？　この味――」

思ったより中はしっとりだけど、ホットケーキよりは密《みつ》な感じ。あたしに合わせてくれているのだろうか、相変わらず甘さは控えめ。先生は炊飯器ケーキにはブルーベリージャム、ココアパウダー、抹茶パウダーなんかを入れることが多いのだけど。珍しくこれには何も入っていないし、そんな風味もない。

でもこの素っ気ないけど、ほのかに甘くて美味しい「どら焼きの皮だけ」感は。

「――あたし、これ食べたことあるかも」

「いよーっし。颯、オレの勝ちだ。この味で間違いないって言っただろ？」

「まぁ、よかったよね」

なぜか先生は、八木さんとハイタッチしているけど。

その八木さんは、めちゃくちゃ興味なさそうだ。

「でもこれ、どこで食べたんだろ……絶対、お店の味じゃないし」

小野田先生はものすごく得意そうな顔で、カウンターから身を乗り出してきた。

相変わらず距離感がおかしいので、近すぎて目のやり場に困ってしまう。

「関根さん家《ち》のダイニング・キッチンに飾ってあった、写真だよ」

「えっ？　うちの写真ですか？」

父さんがあんな調子だから、記念写真や家族写真なんてろくに撮った記憶もない。

入学や卒業の節目に撮ることはあっても、それはだいたいアルバムに入っているか、見返すことのないデジカメの画像データになっている。

「けっこう、大事そうに飾ってあったけど」

「キッチンの……写真？」

「たぶんあれ、あそこのテーブルで撮ったんじゃない？　真ん中に、小学生ぐらいの関根さんが座っててさ。その両隣を、お父さんとお母さんが挟んで立ってるやつ」

「あっ――」

「思い出した？　山積みしたホットケーキみたいなのを前にして、関根さんが満面《まんめん》の笑みでさ。しかも3人ともいい顔で写ってたから、関根さんとお父さんがケンカしてる時、つい気になって見てたんだよね」

あれは確か小学校低学年の時、あたしの誕生日に撮った写真。色褪《いろあ》せてきたから片付けたらいいのにと言っても、なぜか母さんが嫌がってずっと飾っているやつだ。

「――これって、まさか」

珍しくキッチンの洗い物をしながら、先生は満足そうな顔で笑った。

「あまりにもいい顔で写ってたから、お母さんに聞いたんだよ。そしたらあれ、誕生日にお父さんと一緒に作った『ホットケーキもどき』だって教えてくれたわけ」

「いつ、そんな話をしたんですか⁉」

「え？　救急車を待ってる間、なんとなくお母さんを和《なご》まそうかと思って」

思い出した――あれは、小学校2年生の時だったと思う。

誕生日のその日になって、急に父さんから「なにが食べたい」と聞かれ、あたしは素直にホットケーキと答えた。でもそれは母さんの作るホットケーキのつもりだったのに、なぜか父さんがキッチンで準備をし始めてしまったのだ。突然のことで、ホットケーキミックスの買い置きなんてない。どうせ母さんにスーパーへ買いに行かせるのだとばかり思っていたら、前もって調べていたのか、父さんは家にある薄力粉《はくりきこ》とベーキングパウダーに牛乳と卵と砂糖だけで「あれ」を作った。その意外な姿に驚いてうしろから見ていると、一緒に作るかと誘われたのだった。

いま考えると、バターもジャムも生クリームもバニラエッセンスも一切使わなかったのは、父さんらしいといえば父さんらしいレシピだ。焼いた4枚を豪快にぜんぶ積み重ねたのも、決して母さんがやらないことなので楽しかった記憶がある。

「お母さん、あのレシピを覚えてたよ。あの頃は、楽しいこともあったってさ」

あれから父さんは、年にたった一度だけ。あたしの誕生日には、必ずあの「ホットケーキもどき」を作ってくれた。いつもは気を利かせすぎるぐらいの母さんも、その日だけはあえてホットケーキミックスの買い置きをしなかった。

でもその習慣は、あたしが中学生になった頃に消えた。

いや、あたしが消したのかもしれない。

それは思春期にありがちな「父親嫌悪《けんお》」から始まったものなのか、父さんの気が荒くなったからなのか、今となってはどちらが先だったか分からない。

ただ、この歳になったから分かるようになったこともある。

それは、同じ仕事をしていても次第に責任の重い役職になっていくということ。そして年齢を重ねるごとに、人は良くも悪くも変わっていくということ。逆に言えば、変わっていけるということだった。

「……そうですね。楽しいことも、昔は確かにありました」

「関根さんにとっての20年前は大昔でも、50代のお父さんお母さんにとっては、そんなに昔の感覚じゃないからね」

「なにか、きっかけでもないと……小学校の頃のことなんて、普通は忘れてますよ」

あたしの目の前に積まれている、小野田先生が焼いた4枚のホットケーキもどき。

あの時とまったく同じ味が、それを思い出させてくれた。

「今回の帰省は想定の範囲外のことが起こったから、ちょっと消化不良でしょ」

「なにがですか？」

「いろいろとだよ。決着をつけずに先送りして、逃げてる感が否定できないやつ」

先生が何を言いたいのか、なんとなく分かっている。

父さんはケンカ腰で、救急車で病院に運ばれて、入院して、退院して終わった。

母さんは相変わらず弱気で、あたしとの距離感も変わっていなかった。

あたしと家族の関係がなにひとつ変わらないのは、実家から逃げているからだ。

「行ってきたら？　広島」

「……」

「安心しなって。オレは行かないけど、心肺蘇生《しんぱいそせい》の仕方は教えておくから」

そんな縁起《えんぎ》でもないことを普通に言いながら、先生は笑っているけど。

今ならあたしも、こんな風に父さんと話ができるだろうか。

それができても、できなくても。

たぶんもう一度、父さんと何かを話さなければならない時が来ているのだと思う。

何の話をすればいいのかさえ、今は分からないけど。

きっとそれは、会ってみないと分からないことなのだと思った。

▽　▽　▽

結局、小野田先生に言われるがまま。
このまえ来たばかりなのに、また広島でこの古びた家の玄関を眺めている。
結局あれから、あたしは何も変わっていないけど。ひとつだけ変わったことは、今日は
この家の鍵《カギ》を持っているということだ。
それは母さんがあたしに渡してくれたもので、机の引き出しに入れて二度と出すことが

なくてもいいから、持つだけ持っておいて欲しいと言われたもの。実際あたしも手にすることはないだろうと考えていたけど、まさかこんなにすぐ使う日が来るとは思ってもいなかった。

さすがに鍵は付け替えたのだろう、昔よりずいぶんと回しやすくなっている。でもいざ手持ちの鍵で玄関を開けると、なんと言えばいいのか少し困ってしまった。

――ただいま、こんにちは、また来たよ。

今日は朝早く東京駅を出たから、今はまだお昼ちょっと前。

いろいろ考えた結果、昔と同じように黙って上がることにした。

ただその音に気づいて出て来た母さんに「おかえり」と言われた時だけは、やはり「ただいま」と言うべきだったのかもしれないと、少しだけ後悔した。

ダイニング・キッチンのテーブルでは、相変わらず定位置に座って父さんが新聞を読んでいる。この光景だけを見ると何も変わっていないように感じたけど、明らかにこの前と違っているものがあった。

「おう。また来たんか、菜生」

「父さん……痩《や》せた？」

あえて「老《ふ》けた」という言葉は使わなかった。

なにがどう変わったからそう思ったのか、分からなかったからだ。

「2キロ痩せたわいや。病院食が不味うてから」

「もう少し痩せてもいいんじゃない?」

「そうかものう……」

否定せず、素直に認めたのには驚いた。こんなこと、以前は一度もなかったことだ。

たぶん「老けた」と思った理由は、この「覇気《はき》のなさ」かもしれない。言ってみれば「雰囲気」であり、目で見て指摘できるものではないのだ。

「東京土産は?」

「買わなかったよ。とりあえず食べ物はやめた方がいいって、先生に言われたから」

「あぁ、小野田先生か」

「……先生?」

命を助けられたという自覚だけは、さすがにあるのだろう。

あれだけ先生のことを罵倒《ばとう》していたのに、この変わり様にも驚いてしまう。

「入院しとる時に、医者と看護師から何回《なんべん》も言われたわ。ほんまに運が良かった、普通は死んどるところじゃった、感謝せにゃいけん——聞き飽きたわ」

誰かからそう言われたぐらいで、自分の意思を曲げるような人ではなかったはず。

やはり自分の中でも、今回のことにはかなりのダメージを受けているようで。それが最初に感じた「老けた」という印象に繋がっているのかもしれない。

「それで？　その後は検査で、なにか見つかったの？」

「いや。なんも」

「何も？　それ、ホント？」

すぐに答えないところを見ると、そうでもないことは明らかで。お茶を淹れてくれていた母さんが、父さんの顔色を見ながら少しずつ教えてくれた。

「先生が言うちゃるにはね。心臓の検査では、なんも見つからんかったそうなんよ」

「あー。心臓に限っては、何もなかったってことね」

「ただ血の検査では、かなり気をつけにゃいけんぐらいの、生活習慣病があるんと」

チラッと母さんを見た父さんは、それを聞いても何も言わない。

些細《ささい》なことかもしれないけど、これも以前では考えられないことで。いつもなら「余計なことを言わんでええ」とか「おまえは黙っとれ」とか言うところだ。

「だよね。あんな生活してて、何もないわけないもんね」

「それをなんとかせにゃあ、今度は別の心臓の病気やら血管の病気で――」

話を続けようとする母さんを、父さんが咳払いで止めた。

そういうところまでは、変われないみたいだけど。そこまで急に素直になられたら、それはそれで、あたしが戸惑うかもしれない。

「父さん。今さら隠すのはやめなよ。一応は小野田先生から心肺蘇生の方法を教えてもらって来たけど……たぶんあれ、あたしにはうまくできないから」

「縁起でもないこと、言うなや」

「じゃあ、素直に白状すればいいじゃん。病院で、なんて言われたの？」

心肺停止なんて二度と見たくないけど、父さんが変わるきっかけにはなったらしい。

新聞をたたんで何も言い返さずに黙ってしまうかと思ったら、そうでもなかった。

「入院しても検査以外は暇じゃろういうて、色々と給食の人に説教されたわいや」

「それ、栄養士さん。説教じゃなくて、食事指導ね」

「なんや、おまえ。えらい詳しいじゃないか」

「それなりに、その世界には居たし……小野田先生からも、よく聞かされるし」

「ほうか、おまえも病院で働いとるんじゃったのう。バイトじゃけど——」

相変わらず余計なひとことが多いけど、少し黙ったあとも父さんは話を続けた。

こういう姿を見ると、大病《たいびょう》には人を変える力が本当にあるのだと実感する。

「——血圧が高うて、肥満の数字が高いんじゃと」

「生活習慣病？」

「あとは血糖と痛風が高いのと、悪いコレステロールと血液の脂肪が多いんじゃと」

「全部じゃない！」

「じゃけど心電図やら超音波やらは、大丈夫じゃったんで？」

「そんなの、それこそラッキーだっただけでしょ。今まで会社の健康診断で、何も言われなかったわけ？」

「まぁ、忙しかったけえのう」

「あきれた……それ、ほったらかしにしてたんだ。母さん、そのこと知ってた？」

静かに話を聞いていた母さんは、黙ったまま首を振った。

それはそうだろう、知っていたら家であれほど好き放題に食べさせたりはしない。

「父さんもそんな状態で、症状は何も感じなかったわけ？」

「……特にこれじゃいうのは、なかったが」

「そうとは思えないけど」

「見とりもせんのに、なんでそう言い切れるんや」

「いま鼻を触って、薄い髪をかき上げたでしょ。それって父さんが何かを誤魔化してる時、無意識に出してるサインだから」

「おまえは昔から、人のいらんことをよう見とる」

「……昔から？」

あたしに人間観察をする癖があることに、父さんは昔から気づいていたということだろうか。娘のことに興味があるなんて、これっぽっちも思っていなかったけど。

「まぁ『薄い髪』いうのは、いらんことじゃけど」

「いつもひとこと多いのは、父さんの方でしょ」

そんな会話を聞きながら、母さんは少しだけオロオロしていたけど。不思議と以前のように、口げんかや大げんかにはならなかった。これが本来、アラサーになった娘と還暦《かんれき》前の父親が交わす会話なのかもしれない。

「そりゃあワシかて人間じゃけえ、胃が痛い時やら、体がだるい時ぐらいあったわ」

「そういう時、どうしてたの」

「そんなもん、気合いが足りんだけよ。気が抜けとる証拠じゃけえ」

「……で、そんな時はどうしてたの」

「いつも以上に気合い入れて仕事したら、いつの間にか消えてしまうわ」

想像していた通り、根性論だった。

ただ思い出したのは、智也君のお婆さん。魔法のキャラメルを突き返しに来た時、似たような根性論で事実を全否定していた。もしかするとあの拒絶反応も、父さんの発想の延長線上にあったのかもしれない。

「あのさぁ、父さん。そういうのを――」

言いかけたところで、母さんが間に割って入ってきた。

今までとは比べものにならないほど穏やかな口調での応酬とはいえ、もうそろそろこの話は終わりにして欲しいのだろう。

「まぁまぁ、菜生。そのへんは、お父さんもよう分かっとるみたいじゃけぇ」

「全然、わかってない気がするけど……」

「それより、お昼はどうするん？　菜生は、何か食べたいものはないんかね？」

今日はあたしなりの決着をつけるために、ここへ戻って来たというのに。

すっかり忘れて、危うくまた何もせずに帰るところだった。

「台所、使ってもいい？」

「え……菜生が、何か作るん？」

これには父さんも、思った以上に驚いているようで。何も言わなかったけど、珍しく母さんと顔を見合わせている。

「あのね、母さん。今バイトしてる診療所って、その人の体調に合わせてごはんを作ってあげることが治療《なご》……っていうか、サポートのメインなんだよ」

「まだそんなに長う働いとらんじゃろうに、何か作れるようになったん？」

「小野田先生のレシピって、なるべく簡単に、なるべく早く作れるように考えてあってさ。あたしでも、20種類ぐらいは作れるようになったから」

あたしが料理を作るなんて信じられないのも、仕方ないだろう。あたし自身、数ヶ月前のあたしが今のあたしを見たら驚くと思うし。

「そうね、そうなんね……あの菜生が、立派になったねぇ」

「やめてよ、料理だけで立派とか……恥ずかしい」

とは言ったものの、結局メモを見なければ何もできないことに変わりはない。

でも先生に教えてもらった父さん用のレシピには、必ず予測条件がついている。

血圧が高かった場合——禁止
血糖が高かった場合——禁止
脂質異常があった場合——禁止
尿酸値が高かった場合——禁止
どうしようかな、これ全部だめだわ。

あたしが取得したレシピで残ったのは、皮肉にもアレだけになってしまった。

「小麦粉、あるよね」

「あるよ。他には、何が要るん？」

「あとはたぶん冷蔵庫にあると思うし、なさそうなのは買って来たから」

「まぁまぁ、買《こ》うて来てくれたんね」

「もう……いいから母さんも、座っててよ」

エプロンをする後ろでそわそわしている母さんを、テーブルにつかせて。

たぶんないだろうと買って来た、ベーキングパウダーをカバンから取り出した。

薄力粉１２０ｇ、ベーキングパウダー５ｇ、グラニュー糖がなかったので白糖で代用して40g、牛乳100mlに全卵1個。これを全部ボウルに入れてかき混ぜるだけで、あの「ホットケーキもどき」の準備は完了する。ちなみに血糖や甘さを気にするなら、砂糖を10gずつ調整すればいいだけ。あとは焼き方だけど、1枚焼くごとに水に濡らした布巾の上で、熱くなったフライパンの底を冷ますこと。これをしないと均一なキツネ色にならず、焦げたりムラになったりするらしい。

弱火の程度は画像で確認しながら、片面を2分ほど焼く。そこから表面にツブツブが浮いてきて破れても閉じなくなった時が、ひっくり返すタイミング。あとは1分焼くだけで、あっという間にホットケーキもどきは完成する。

いま考えればこれはとても体に優しい、作り手にも優しい料理だったのだ。

これで何かが解決するとは思わないし、父さんと和解できるかどうかもわからない。ただのきっかけにすぎないけど、これをこの家で、自分で作ることで、先送りにしていた何かをあたしが昇華《しょうか》したいだけ。言ってしまえば、自己満足にすぎない。

それでも、あたしは——。

「——はい。父さん」

あの頃のまま、あえて4枚重ねてお皿に盛りつけて出した。

もちろん盛りつけといっても、生クリームもバターもホットケーキシロップもない。

でもこれがあたしの誕生日に父さんが作ってくれていた、あたしと一緒に作っていた、あのホットケーキもどきなのだ。

「……えらい、上手いこと作れるようなったのう」

そう言ったきり、父さんはホットケーキもどきには手を付けようとしない。

ただ、ぼんやりと重なった4枚を見ているだけだ。

「なに？　材料が気になるの？　食べ過ぎなきゃ大丈夫だって、小野田先生も」

「そうか……ひとりで、作れるようになったんか」

感慨深そうにホットケーキもどきを眺めながら、父さんがつぶやいた。

また少しだけ老けたように感じたのは、わずかに両肩の力が抜けたからだろうか。

「もう、28だから。まぁ……先生に教えてもらうまで、何も作れなかったけど」

「そうか……菜生も、もう28になったんよのう」

ゆっくりと手にしたホットケーキもどきを眺めたあと、ひと口かじり。

いつもセカセカと飲み込んでしまうくせに、今日はやたらと噛みしめている。

「味、どう？　母さんが小野田先生にレシピを教えてくれて、それをあたしが教えてもらったんだけど」

それには答えず、もうひと口。

そこからは止まらず、手のひら大の1枚をあっという間に食べてしまった。

「なんで黙ってんの。感想ぐらい言ってくれても――」

「初めてじゃのう」

「……なにが？」

「おまえがワシに、何か料理を作ってくれたんは」

「そうだっけ？」

とぼけてみたものの、それは十分に自覚のある事実だった。

いわゆる思春期ごろから父さんを疎《うと》ましく思い、こんな男とだけは付き合わないと誓い、次第になぜこんな男と結婚したのかという母さんへの不信感にもなった。

中高の6年間をそんな風にこの家で過ごし、ここから逃げ出したい一心で勉強した。

念願叶《かな》って東京の大学へ進学してから、もう10年が経つ。

そして初めて作った料理は、皮肉にも20年も前に父さんと一緒に作ったものだ。

「中学生になったおまえと、どうやって話をしたらええか……分からんようになって。気づいたらおまえは、もうこの家を出とった。ワシはなんも変わっとらんつもりなのに、まわりの奴らばっかりが車の窓から見える景色みとうに流れて行くんよ」

母さんにお茶を催促《さいそく》し、父さんはもう1枚手に取ってかじった。

今度はもっとゆっくり、何かを考えながら食べているようにも見える。

「同期じゃった奴らはどんどん辞めていき、同僚はぜんぶ年下になってしもうた。挙げ句に気づいたらワシが主任になっとって、あっという間に課長じゃげな。そうなったら、職場でなんの話をしてええんか分からんのよ」

逆に父さんがこれだけ自分のことを話すのは、あたしにとって初めてのことで。全部を理解できるとは決して言わないけど、分からないこともない部分もある。

「まぁ……上司と部下って、そんなもんじゃないの」

「そしたらのう、簡単なことに気づいたんじゃわ――」

もしかすると、これがお互い年齢と経験を重ねたということなのかもしれない。あのまこの家で顔を突き合わせ続けていたら、こんな話はできなかったと思う。物理的にも精神的にも離れてみて、ある程度の時間が経ってから話をすることで、少しだけ客観的になれるような気がした。

「――仕事は何をするべきか、どうするべきかだけの、楽《らく》なモンじゃいうての」

「なにそれ。仕事が楽って、どういうこと？」

「仕事は『ここで、こうするべき』いうのが、ハッキリ決まっとって分かりやすい。取引先とうまいことやっていく方法なんか、だいたいパターンが決まっとるモンよ。じゃけど……いざ家に帰ってみて自分の家族と『こうしたい』思うても、仕事のようには方法が決まっとらんかったんよ」

「そんなの、当たり前じゃない。家族マニュアルなんか、あるはずないでしょ」

「そん時のワシには、全然わからんかったんじゃけえ……仕方《しょうが》なかろうが」

「だから家でも、命令口調だったわけ？」

「おまえや晴美には、悪いことをしとったんじゃろうと思う。けど他にどうやったらええか、分からんかったのも事実じゃけぇ」

たとえ何となく気づいていても、人は何か「きっかけ」がないとだめなのだろう。

皮肉にもあたしが父さんと向き合うきっかけになったのは、父さんが倒れたこと。

そしてこのホットケーキもどきを、こうして父さんに作ったことだったのだ。

「……言ってること全部には、賛同《さんどう》できないけど」

「そりゃ、そうよ。ワシは家族いう取引先との仕事には、失敗しとるんじゃけえ」

「ほら。やっぱりまだ、家族のことを取引先だと思ってるし」

でもあたしにお茶を淹れてくれた母さんの表情は、久しぶりに穏やかだった。

「菜生は、えらいしっかりしたんじゃね」

「まぁ、28だから——って、もう歳の話はいいでしょ？」

「ウチも菜生には、謝らにゃいけんね」

「なんで、母さんが？」

「いろんなことを、自分が知りもせんくせに押しつけとったと思うんよ」

「あぁ……まぁ、それは」

「お父さんと、同じじゃったんかもしれん。働いたこともパートもしたことがないのに、菜生に『ええお母さん』ぶらにゃ良《い》いけんかったけえね」

「いいよ。たぶんあたしも、結婚してみないと分かんないし……」

母さんにとっても、これが何かのきっかけになってくれればいいと思う。

でもそれはあたしとの関係ではなく、どちらかといえば父さんとの関係だ。これから熟年離婚でもしない限り、まだ何十年も顔を合わせ続けるのだから。

「この前のお見合いの話はね、ウチとお父さんが考えたことなんよ」

「母さんも一緒に？」

「ウチも娘との接し方は、下手くそじゃったね」

家庭に入って子どもを生み育てることが女の幸せだと信じて疑わない母さんだから、十分あり得る話だけど。まさか父さんと一緒に話を進めているとは思わなかった。

父さんが電話してきたことで、最初から頭にきたものの。つまりあれは両親そろって、本当に良かれと思ってやったことだったのだ。

「菜生は、どう思うとるん？」

「なにが？」

「あの、お見合いの話よね」

「まぁ……少なくとも、乗り気じゃないよね」

「ウチらとは、一緒に住まんでもええんよ？」

「……え？」

それは、ちょっと意外だった。父さんからの電話では、同居や老後の世話までチラつかせていたので、母さんもすっかりその気だとばかり思っていたのに。

「ね、お父さん」

「父さんも？　この前と話が違うけど」

「ん？　まぁ、そういうことよ。ワシらのことは、どうでもええんじゃけど……アレよ、ちょっと心配になったんよ。のう、晴美」

珍しく父さんが、母さんと目で会話している。

本当はこのふたりも、あたしが考えているよりは仲がいいのかもしれない。

「菜生は10年も東京で生活しとるんじゃけえ、また広島いうのも不便かもしれんけどね……お見合いは断ってもええとして、事務職の仕事があるいうんはホントよ？」

これで両親と完全に和解して、すぐに仲良し親子になれるわけじゃないけど。嫌なら一緒に住まなくてもいいとまで言ってくれているのだし、少なくともこれからは、前のようにギスギスした関係にはならずに済むような気がする。

ストレスで正社員を辞めて、バイト生活をしながら次の仕事を探しているうちに。付き合っている彼氏もいないので実家に帰ったら、いつの間にか結婚していましたという話は決して珍しくない。それどころか、わりとよく聞く展開だとすら思う。

少なくともあたしにとって、地元に帰るという選択肢が増えたのは間違いない。

だからといって、東京での生活が嫌いなわけでもなく。

「……それ、すぐ答えなきゃいけない？」

「いやいや、ゆっくり考えたらええよね。菜生にとって、大事なことじゃけえね」

それに続いた父さんの言葉は、あたしにとって決定的だった。

「菜生。東京《むこう》で何か、やりたいことはあるんか？」

あたしはそれにも、すぐに答えることができなかった。

▽ ▽ ▽

西荻窪に帰ってきて、はや1ヶ月。

もう、上着を1枚増やさなければならない季節になってきている。

基本的に「んん診療所」は暇で、考える時間なんて十分あると思っていた。

実際に今までは2〜3日にひとりぐらい、患者さんという名の常連さんがご飯を食べに来て。ついでに何か心配なことや気になる症状があれば、どうすればいいか聞いて帰るぐらい。時には先生と一緒に駅前へスロットを打ちに行ったり、大人げなくゲームを持ち寄ったりして遊んでいる、まるで診療所らしくない場所だった。

でも最近は、少しずつだけど患者さんが増える——つまり「新患さん」が来るようになっていた。その証拠に、今日は大柄でツヤツヤした顔の大城健弥《おおしろけんや》さんという方が、小野田先生とソファ席で向かい合って真面目に「初診外来」の面談を受けている。

「食事記録のメモを見せてもらったけど……間違いなく、摂取カロリーが多いよね」

「ですよね……どうすれば、いいでしょうか」

変わったのはそれだけではなく、いわゆる常連さんたちも通ってくる頻度が増え、今日なんて誘い合ったように3人も来ている。新患の大城さんを含めればすでに4人も患者さんのいる、今までにない状況になっていた。

だからいつものソファ席を取られた瀬田さんなんて、仕方なくカウンターに移動してきて、相変わらず原稿をキーボードでバチバチと打っているのだ。

「瀬田さん。大城さんって、お知り合いでしたっけ」

「仲のいい作家トモダチ。この前、そろって人間ドックを受けて来たんだけどさ。検査が全部おわって『面談』になったら、出てきた先生がお爺ちゃんで『ちょっと何を言ってるかわかりません』みたいな感じだったんだよね」

「小声で聞き取れなかったんですか？」

「いや、言ってる意味がわからん的な」

「え……お医者さんですよね」

「残りの画像検査の結果とかが、昨日まとめて送られてきたんだけどさ。これがまた、よくわからんというね」

「……人間ドック、なんですよね」

「超不親切だよ、やりっ放し商法？　書いてあることをまとめると『心配ならこの結果用紙を持って受診してね』だもん。しかも、どこを受診しろと？　またあの、言ってる意味がわかんないお爺ちゃん先生のとこ？」

瀬田さんが糖分を摂ってから2時間が経つので、そろそろ何か甘い物を出す頃だ。

「カフェオレか何か、甘い物でも飲みます？　ホットでおなしゃす」

「あざす。さすが、菜生りん。ホットでおなしゃす」

瀬田さんは原稿に集中すると、人体に必要な何かを必ず忘れてしまう。この前は10時間ぐらいトイレに行くのを忘れていたし、その前は気づいたら12時間以上なにも水分を摂っていなかったと言うし。原稿が「ヤバい時」は、ここで書いてもらえる方が管理できて安心する。

「わたしは結果がそろったらクマ先生に相談するからいいやって言ったら、誰それって話になって。クマ先生も、わたしの紹介だから大城さんを受けてくれたわけ」

「……え？　ここって、誰かの紹介がないと受診できないんでしたっけ？」

「菜生りん、今さら？　だからここ、検索避けに『んん』診療所って名前なんでしょ？　歩いてて、ここへ入ってこようとするやつがいると思う？　ホームページもSNSもないのに、存在を知ること自体が不可能だって」

「ですよね。なら、この前ここへ来たダンサーの……えーっと」

「ｓｙｕｎｋｉ《しゅんき》さん？　あれ、江浜さんが習ってる社交ダンスの先生だよ」

「えっ⁉　そういう系のダンサーさんなんですか⁉」

なんで瀬田さん、あたしより詳しいのだろうか。

最近ほとんど毎日ここでご飯を食べて、時には閉めるまで原稿を書いてるからかな。

「ああ見えて、世界ランカーらしいね。知らんけど」

ここに来る常連さんは、比較的フリーランスが多い――というか、一般的に言われている「正社員」の形態で働いている人の方が少ない。

今まであたしの周りに居たのは、せいぜい非常勤や派遣の人たちが多かったぐらいで。こうして個人事業主として税金を払っているフリーランスの人たちを見ると、あたしの居た世界もわりと狭かったのだと実感する。結婚してからパートにも出たことがない母さんに、あたしがエラそうに言っていたことが恥ずかしくなってくる。

「すいません、関根さん」

「はーい。何でしょうか」

たしか胃弱の柏木さんもＳＥだけど、契約でも派遣でもなく個人事業主として登録していたはず。仕事がどうやって成り立っているのか、想像もつかないけど。なにが良くてなにが悪いのかという画一的な線引きは存在しないのだと、つくづく思う。

「今日って『どんぐり』あります?」

「気に入りました? 漬け終わったばかりの物なら、ありますよ」

「2個だけとか、もらっていいです?」

柏木さんの様子に、最近ちょっとした変化が現れていた。

女性向けブランドのタオル地ハンカチを持ち歩かなくなったのは、涼しくなったせいばかりではないと思う。白の襟シャツはポロシャツになり、ネクタイを見ることはなくなった。無理矢理な感じが否定できなかった髪のワックスも止め、今は寝グセとはギリギリ別物と分類できる、無造作ヘアーを維持している。靴下は元のくるぶし丈になり、ついでにローファーっぽい革靴からスニーカーに戻っていた。

「柏木さん。何か、いいことでもありました?」

「……なんで、そう思うんです?」

もちろん暑さに弱かった柏木さんが、涼しくなって元気になったのもあるだろう。

でもその表情が、以前とは明らかに違うのだ。

「理由は、何でもいいんです。柏木さんが元気そうなら」

「……関根さんには、隠せないですね」

「あっ。めんどくさかったら、そのまま隠しててください」

「え……？」

たぶん「例の彼女さん」と別れたのではないだろうか。

でも本気で、理由なんてどうでもいいと思った。柏木さんが楽になって元気になって、自分らしくできるようになったのなら、それでいいと思う。いつか話したくなったら話してくれればいいし、別にこのまま忘れてもいいし。

「どんぐり、3パック仕込んだんですよね。密閉容器に入れて持って帰りますか？」

「あ、すいません……じゃあ、何個かもらって帰りたいです」

「何個にします？」

「じゃあ、3個ぐらい？」

「謙虚《けんきょ》ですね。本当のところは？」

「……すいません。1パックぐらい欲しいです」

「3万8千円になります」

ぷはっ、と柏木さんが軽く吹き出して笑った。

絶対に今の方が柏木さんらしいというか、肩の力が抜けて逆に爽やかな雰囲気になったけど。これでまたどこかの「束縛《そくばく》女子」や「過干渉《かかんしょう》女子」が寄って来るんじゃないかと、そっちの方が心配になってしまう。

「関根さん、小野田先生みたいなノリ」

「えっ……そうですか？」

「まじ、似てきました」

いいか悪いかは別として。

自分が気づかないだけで、あたしも少しずつ変われているのかもしれない。

「……そんなつもりは、ないんですけど」

ふふっと釣られて笑ったのは、隣で静かに本を読んでいた婚活女子の木暮さん。

この人も最近、雰囲気が良い方向に変わってきていた。

「木暮さんも、そう思います？」

「ええ……なんとなく」

やっぱり木暮さんには、ナチュラルメイクの方が似合う。誰かに合わせたレース多めのワンピより、地味だと言われてもアースカラーの方が木暮さんらしい。常にスマホを片手にメッセージや婚活サイトを眺めてどんよりしているよりいいし、コンタクトを止めてメガネにしたのもいいと思う。

「この診療所に来ると、病院ではどうしようもないことが解決できる気がするんです。眠れないから睡眠導入剤って、素人的には間違っていないと思うんですけど……でも、それって根本的な解決にはならないですよね」

「ということは木暮さん、根本的な問題が解決したんですね」

「ほんと。関根さんって鋭いですよね、柏木さん」

木暮さんがこの診療所で誰かに話しかけるのは、これが初めてではないだろうか。

でもそれが、本来の木暮さんのキャラクターなのかもしれない。つまり婚活がうまくいっても、うまくいかなくても、自分が納得できたのではないだろうか。

「ですね。たぶん小野田先生より、鋭いかも」

「小野田先生って、いい意味で『雑』ですもの」

まぁ確かに雑ではあるけど、やる時はやる人だとは分かった。

でも「雑」に、いい意味なんてあったかな。

そんな話をしていると、カウンターに戻って来た先生からいきなりオーダーが来た。

「じゃあ、関根さん。新患の大城さんに食事指導してくれる？」

「えっ、あたしがですか？」

「何か気になることがないか、見てもらえると助かるんだけど」

「それはいいですけど、食事指導の方は」

「前に教えたやつでいいよ。目標は１日２２００kcaℓ。１日４回食まで」

「それって……栄養士さんじゃなくても、やっていいんですか？」

「その辺の雑誌やネットにだって、好き放題に書いてあるじゃない。こっちは『医師の指示の下』にやってるわけで、責任もオレにあるんだから大丈夫」

「でも……なんとなく抵抗があるっていうか、栄養士さんに失礼じゃないかと」

「関根さんが資格を取れば？」

「えーっ、この歳で？」

「相変わらず、なにかっちゃ歳を気にするんだな」

「だってあたし、もう」

「初めてウチに来たころ『資格ガー、資格ガー』って言ってたの、関根さんだよ？」

確かにそう言っていたのを、恥ずかしながら思い出した。

経理事務とか英文事務とか秘書とか、英語教室とか秘書検定とか。

挙げ句に販売士とか営業士とか、セールスレップの検定とか。

いま考えると、めちゃくちゃ恥ずかしくなってくる。

「……そういうことは、よく覚えてるんですね」

「死ぬまで同じ道を往復しなきゃならない歳じゃないって」

ふと、母さんの顔が頭をよぎった。

もし51歳の母さんが「今から栄養士の勉強を始めたい」と言ったら「もう歳だからやめなよ」と、年齢を理由に反対するだろうか。

そんなことで母さんの新しい世界が開けるのを、あたしは止めさせるだろうか。

「まぁ、そうですけど……」

先生はまたそうやって、今まで考えたこともなかった違う道を提案してくれる。

この診療所と小野田先生は、そのために存在するような気がしてならない。

少なくともあたしには、そういう存在に思えてならなかった。

▽　▽　▽

不慣れな感じが全開のまま、新患の大城さんへの食事指導が終わり。

みんなが帰ったあとのソファ席で、ヘトヘトに疲れていた。

「……なんか最後、ちゃんと伝わったかな」

脳が満腹だと感じる引き金は、特に「胃の物理的膨張《ぼうちょう》」と「血糖値の上昇」がポイントになるらしい。年齢とお仕事の活動レベルによる「推定エネルギー必要量」だけではうまくコントロールできないことが多いらしく、先生の出した大城さんの「理想の1日総摂取カロリー」を「4食に分ける」相談に乗っていたのだ。

大城さんは作家さんだけあって、とりあえず「食事の時間」が何時頃かもぜんぜん決まっていないし、起きる時間もその日によってバラバラ。それでもどこかで24時間に区切り、その間に4回の食事が摂れるようにすることを目標にした。

誰かに指示を出すということは、責任を負うということ。

でもあたしが一番ダメージを強く受けたのは、それを一緒に考えることではなく。実はここに来る患者さんたちはみんな「自分のやりたいこと」「自分に合っている仕事」「自分に合った生活」を持っていることに、改めて気づかされたことだった。

「自分のやりたいこと、か……」

大城さんは自宅では執筆が進まないのでファミレスやコーヒーチェーン店を利用する派で、自炊はゼロに近いらしい。大好きなのはお肉で、血糖を上げるための間食はなぜかチヨコ一択《いったく》という、ハイカロリーなこだわり派。睡眠時間も就寝時刻もバラバラで、昼夜逆転は当たり前。疲れたら13時間寝て、20時間ぐらい起きていることも普通にあるという。だからだめだとか、体に悪いのは当たり前とか、言うのは簡単だけど。

学生の頃から念願だった作家デビューが決まったあと、今は出版不況らしいのに飲食系のバイト店長を辞めて、個人事業主として作家に専念した結果。不眠がなくなった上に、去年の年収は人生で最高額になったらしい。

その代わり、人間ドックの結果はボロボロで。挙げ句に今年はまだ1冊も出版が決まっていないという、漁師さんもビックリの荒波《あらなみ》収入。それでも今の生活の方が楽しいですよ、と笑顔を浮かべていたのがとても印象的だった。

うちに来る常連さんを、いろいろと思い浮かべてみても——。

柏木さんはかなりスキルのあるSEさんなのに個人事業主として生活しているし、江浜さんはワンオペの専業主婦で、木暮さんは自宅住みの婚活女子。この前の新患さんなんて、社交ダンスの世界ランカーだ。

みんな自分らしく居られる場所を見つけ、それだけではどうしても足りないものを、この「んん診療所」で補っている。

それが「好きなご飯」であり、小野田先生や常連さん同士の「会話」なのだろう。

「……あたしの居場所、どこなんだろう」

広島からの帰り道、あたしは気づけば発作的に求人情報誌をいくつか手にしていた。

その理由は簡単で、悔しいけど父さんのひとことだ。


——東京《むこう》で何か、やりたいことはあるんか？


「資格ねぇ……」

すでに何周も読んだのでヨレてきたけど、時間があるとまた何となく見てしまう。

かといって別にこれだと思う転職先があったわけでもないし、転職サイトや求人サイトに登録したわけでもない。

それでもこれを捨てられない理由を考えていたら、今日来た患者さんたちのカルテ記入を終えた先生がカウンターの奥からようやく出て来た。テキトーそうに見えても、患者さんの状態や変化は、すべて記録に残しているあたりが先生らしい。

そう――自分のやりたいことを一番やっているのは、小野田先生で間違いない。

実家が大病院とか、大学病院の講師だったとか、そんなことはお構いなしなのだ。

「関根さーん、サンキューね。なに読んで――ええっ！　転職雑誌⁉」

「あっ、これは……その」

あたしに淹れてくれたらしいカフェラテをテーブルに置いて、小野田先生はずり落ちるようにソファの向かいに座った。

激しく動揺しているのだろうか。先生の視線が、あり得ない方向からあり得ない方向へと動いている。同時に頭はぐにゃぐにゃと揺れ、このまま液体になってテーブルの下に流れていきそうな勢いだ。

「そうかぁ、参ったな……最近、いろいろ負担かけすぎてたかなぁ……」

「負担って、何のことです？」

「だから、なんていうか……任せすぎた感？　だって関根さん、オレのレシピを完コピしてるからさ。常連のご飯なんて、なんの心配もないし。患者の変化だってオレより早く気づくもんだから、最近はあの木暮さんまで表情が明るいでしょ」

「まぁ……雰囲気は変わられましたよね」

「やっぱ『同性』ってのも、大事な要素なんだよなぁ」

「それはあるかもしれませんけど……」

それっきり先生は、ポケットに両手を突っ込んだまま黙ってしまった。

珍しく、いつまでも視線が窓から戻って来ない。

「……あの、先生？　どうしたんですか？」

急に真顔になった先生の視線が、あたしに戻って来たと思ったら。

今度はそのまま、じっと見つめて動こうとしなかった。

「関根さん。真面目な話をして、いい？」

「え……あたしにですか？　どんな話ですか？　なに系の話ですか？」

「なんでそんなに警戒するの」

「いや……ちょっと、珍しかったもので」

「あのさ――」

何かを言いかけた先生だけど、気を取り直すようにコーヒーを淹れに席を立った。

グラインダーでコーヒー豆を挽き、フレンチプレスで４分間の沈黙。これまた珍しくブラックのままカップに注いで、仕切り直しといった感じで戻って来た。

「――関根さん。広島に帰るの？」

「いえ、そんなにすぐってことじゃ」

「いずれにせよ、やっぱりここを辞める気なんだ」

「別に時期も決めてないですし」

「理由は、条件が悪いとか？」

「……条件？」

「それは、颯とも話してたところでさ。関根さんはバイトにしては、色々できすぎてるんだよね。だから『受付事務』か『看護助手』の肩書きで、正社員として採用させてもらおうかなって」

「ここの正社員……ですか？」

「そう。社保にも入ってもらうし、有休消化90％と産休育休の保障もしている。転勤やジョブ・ローテーションは希望提出制だけど実質ないし、兼業も可能。給与は手取り25万からスタートで、昇給昇格あり、年2回の賞与あり。今の部屋は、社宅として提供する。これで、どうだろうか」

「な……」

つらつらと並べられた条件が、28歳で普通自動車免許の資格しかないあたしにとって、就活や転職雑誌でも見たことがないほど良すぎて戸惑う。

なにより業務内容を知っているだけに、それはあまりにも好待遇すぎて逆に怪しい。

「……あたしぐらいの人って、他にもたくさんいる」

「あーっ、だめだめ！　それ、別れ話の定型文だから！」

「いや……別に、付き合ってないですよね」

「え？　まぁ、そうだけど……そのセリフは、ちょっと勘弁して欲しいね」

ひと息つく感じで、あたしの様子を見ながら慎重にコーヒーを飲んでいる先生。

確かに半分は嬉しいけど、ここまで極端だと半分は引いてしまうのも事実だ。

「なんでそんなに……その、あたしを引き止めようとするんですか？」

「逆に関根さんは自分の洞察力《どうさつりょく》とプロファイリング能力を、まだ疑ってるの？」

「そりゃあ、完全には信じられませんよ。つい数ヶ月前まで、何の取り柄もないアラサーじんま疹女だったんですから」

「今は違うでしょ。それが事実じゃない？」

秒で否定されることには慣れていたけど、秒で肯定されたのは初めて。

それでも信じ切れないのは、今まで自分に自信が持てなかった——先生がよく言う「自己評価が低かった」ことも関係あるのだろうけど。それ以上にどうしても、小野田先生のキャラクターがあたしの思考を邪魔してくるのも事実だ。

あたしのじんま疹や母さんの耳鳴りもすぐに見抜き、いざという時は心肺蘇生もできる医者だということは知っている。詳しくは知らないけど、八木さんと一緒に会社っぽいのも経営しているらしい。

「でもなぁ……」

思わず声に出てしまって慌てていると。

湯気も消えて少しぬるくなったコーヒーを飲んだ先生が、ゆっくりと視線をあげた。

「オレが一方的に思ってるだけで、申し訳ないんだけど——」

その切れ長で淡麗な目は、瞬きすることもなくあたしを見ている。

「——今のオレが信じているのは颯。そして、関根さんだけなんだよね」

「え……？」

「一緒に居られるなら、どんな犠牲を払ってもいい」

たしか小野田先生と八木さんは、学生の頃からの付き合いだったはず。なんとかホールディングスも八木さんに任せて、全幅の信頼を寄せているといってもいい。

その八木さんとあたしが、先生の中で同列に並んでいるという。

そんなことが、本当にあり得るのだろうか。

「……ちょっと、考えさせてもらってもいいですか？」

父さんと母さんから広島に帰ってくるかと聞かれても、あたしは即答できなかった。

そして今は、先生にも即答できずにいる。

あたしはどこに居場所を求め、何を期待しているのだろうか。

それは、誰かに手を引かれて決めることではない。

あたし自身が、あたしの判断で決めなければならないことなのだ。

▽　▽　▽

悩んでいる時間も寝ている時間も、同じ速さで流れていく。

小野田先生に引き止められて「ちょっと考えさせて」と言ったものの、ちょっとって何日ぐらいならOKなのだろうか。そんなくだらないことを考えていたらもう1週間が過ぎ、また次の日がやって来てこの診察室カウンターで朝ごはんを食べている。

物事を先送りにすることがどれほど簡単なことか、身に染みてわかった。きっとあたしはそうやって流されながら、次の誕生日を迎えて29歳になってしまうのだ。

「ごちそうさまでした」

食べ終わった時刻は、恒例の午前9時45分。今日もまた1日が始まってしまうけど、あたしは昨日と何か変われるだろうか。

そんなことを考えながら、シンクで洗い物を始めると。

席を立って裏の薬局に向かう八木さんが、すれ違いざまにあたしの肩を軽く叩いた。

「うち、辞めんの？」

その不意打ちは、いかにも口数の少ない八木さんらしかった。

八木さんは八木さんで、あたしのことを気にしてくれていたらしい。

「それは……」

その答えを待つことなく、奥の薬局に消えてしまったけど。

正直、この「んん診療所」を辞めて広島に戻っている自分が想像できない。

父さんと母さんの笑顔も、10年以上経って地元感のなくなった広島で生活することも、見知らぬ職場で経理事務をする姿も。必死に思い浮かべてみようとしても、そのどれもが輪郭《りんかく》のぼやけた、払っても消えない霧に覆われているような感じになる。

「颯はいつもあんな感じで、わかり辛いけど——」

今日は誰か、患者さんが来る予定でもあるのだろうか。自家製のカスタードと自慢のあんこが入った2種類のホットサンドをセットして、タイマーをぼんやり見ながら小野田先生がつぶやいた。

「——たぶんオレと同じかそれ以上に、関根さんにここへ残って欲しいと思ってる」

「そう……なんですかね」

それでもこの診療所で、本当にあたしが必要とされているのか疑問が消えない。

いや——どうしてもあたしは、必要とされている自覚が持てなかった。

それはあたしが今まで本当に必要とされていると実感したことがないからであり、それこそが「自己評価が低い」ということなのかもしれない。

「先生、あたしは……」

そんな絶妙のタイミングで、入口の引き戸が元気いっぱいに開けられた。

「ちょーっと、クマちゃん！　どういうこと⁉」

そこに立っていたのは、逆光の朝陽に金髪ロングが映える沙莉奈さん。

そして手を繋がれた、智也君だった。

「なにごと？　こんな時間に、智也まで連れて」

智也君の手を引いてカウンターまでやってきた沙莉奈さんは、そのまま勢いよく身を乗り出して眉間にしわを寄せていた。

「なんでレシピを変えたの」

「……なんの話？」

「智也の『魔法のキャラメル』のこと」

魔法のキャラメルのおかげで、智也君はほとんど毎日学校へ通えるようになっていた。まだお婆さんは完全に納得していないらしいけど、沙莉奈さんが入院してからは少し態度も柔らかくなったという。

だからミルクキャラメルが足りなくならないよう、先生が沙莉奈さんのお店に顔を出すついでに昨日持って行ったばかり。常にストックを切らさないように言われていたので、夜にあたしも増産して冷蔵庫に入れたばかりだ。

「別に今まで通りで、何も変えてないけど」

「だって、効かないんですけど！」

「うっそでしょ、智也。腹が痛いの、消えなくなったのか？」

「……うーん。これちょっと、ちがうんだよね」

「違う……？　そんなはず」

手を繋がれたまま、少し不満そうな顔を――智也君は、なぜかあたしに向けた。

その視線に気づいた沙莉奈さんと小野田先生も、あたしを見ている。

「なおねえちゃんは、もうつくらないの？」

「あたし？　いや、まぁ……昨日わりと冷蔵庫に作り置きしたばかりだけど」

「ぼく、なおねえちゃんのつくったやつがいい」

小野田先生は唖然《あぜん》としたあと、何かを理解して口元に笑みを浮かべた。

でも沙莉奈さんは、まだよくわかっていないようだ。

「ねぇ、智也。クマちゃんと菜生ちゃんだと、味が違うの？」

「ちがうよ。ね？　なおねえちゃん」

「そ、そうだね。ただ違うといっても……火加減？　ぐらいで、味は別に……」

「関根さん。変わったのは、味じゃないんだって――」

なぜか自慢そうな顔をしている先生に、ポンと肩を叩かれた。

「――オレとは『魔力』が違うんだよ」

「魔力……ですか？」

「そうだろ？　智也」

「なおねえちゃん、まほうつかいの『まじょ』だからね」

「そうか――くくっ――関根さんは、魔女レベルなのかぁ。そりゃあオレの作った『魔法のキャラメル』が、勝てるわけないよな」

「せ、先生？　どういうことなんですか？」

「いいから、いいから。昨日作ったやつ、冷蔵庫から出してやってよ」

「は、はぁ……」

よく分からないまま、バットで冷やしていたミルクキャラメルを取り出した。

「ありがとう。ほら、ママ。さわったかんじが、ちがうでしょ？」

「え？　まぁ、言われてみれば……けど、味は同じなんじゃない？」

智也君はものすごく満足そうに、ひょいとそれを口に入れた。

「うん。これ、なおねえちゃんのやつだ。ママもたべてみなよ、わかるから」

「そう？」

沙莉奈さんにもひとつ渡したけど、何が違うのかさっぱり分からないのだと思う。

でも先生だけは、すべてを理解しているようだった。

「どうよ、智也。やっぱ関根魔女さまのキャラメルは、効くか？」

黙ってふたつめを食べていた智也君は、急に笑顔を浮かべて元気よく答えた。

「うん、いたくなくなったよ！　やっぱり、なおねえちゃんのでないとダメだね！」

「そうか——ふふっ——オレの魔力も、ずいぶん衰《おとろ》えたなぁ」

「しょうがないじゃん。だってせんせーの、きかないんだもん。どうやったらもとにもどれるか、なおねえちゃんに、おしえてもらったら？」

先生が腹の底から笑うのを、初めて見た気がする。

そんな様子を見ていた沙莉奈さんは、あきれた顔をして「あたしの作った」魔法のキャラメルをカバンにしまい込もうとしていた。

「あ、沙莉奈さん。型崩《かたくず》れするので、これに入れて持って帰ってください」

「ありがと。けど、菜生ちゃん。クマちゃんの作ったヤツと、なにが違うの？　食感が少し違うのはわかったけど、味は同じ気がするんだけど」

小さめの保存容器に詰めながら、沙莉奈さんは首をかしげている。

「たぶん、火加減の違いで」

「それは違うんだなぁ——」

元気になった智也君を眺めながら、先生は穏やかな口調でつぶやいた。

「——智也はオレより、関根さんを信用したってことだよ」

「……信用」

「多少味が変わろうが、食感が変わろうが、そんなことは些細なことなの。プラシーボの効果を最大にするのは『信じる』こと。つまりそれを『誰が作ったか』ということが、智也には大事だったんだよ」

思いも寄らない言葉に、沙莉奈さんと顔を見合わせてしまった。

あたしが先生より智也君に信用されることなんて、あり得るだろうか。

「ママ、はやく！　がっこうに、いくよ！」

「なに言ってんの。さっきまで、ションボリしてたくせに」

「いってきまーす！」

そして元気に手を振る智也君の声が、んん診療所に響き渡った。

「ほれ、関根さんに言ってるんだから。返事してやんなよ」

「え……？　あっ、いってらっしゃい！　車に気をつけてね！」

来た時とは逆に、今は智也君が沙莉奈さんの手を引いて。

ふたりの姿は小さくなりながら、入口を出て消えていった。

「関根さん、サンキューな。ほんと、これだから」

「先生……」

「ん？」

「……あたし、栄養士の資格を取りたいです」

先生にとって今の出来事は、どこにでもある些細なことだと思うけど。

あたしの中では智也君の元気になった笑顔が、強く背中を後押ししてくれた。

「──あっ、そう⁉　いやそれ、すごくいいと思う！　いや、間違いなく真剣に」

「何年かかるか、分からないですけど……」

「関根さんなら、２年ぐらいじゃない？」

「……そんなに軽く言われても」

「いやいや。本気だって」

「それに、できれば調理師の免許とかも取れたらなぁって」

「おぉっ⁉　それもいいね！　超いいと思う！　オレ的には大賛成だし、颯なんて無言で大絶賛すると思うし！」

無言の大絶賛って、なんだろう。

「でもなぁ……」

先生はちょっと苦い顔を作って、口元を締めた。

いくら興味が湧いたとはいえ。栄養士と調理師のふたつを目指すなんて、やはり無理のある話というか、夢見がちな思春期の幻影に近いのかもしれない。

「……そのあいだ、うちに居た方がいろいろ便利だと思うんだよなぁ。オレは」

チラッと視線を送られて、あたしの方が恥ずかしくなってしまった。

だって先生、子どもがおやつをねだるような顔をしているものだから。

「先生的には、それでOKなんですか？」

「えっ、なにがだめなわけ!?　雇用条件？　もっと上げる!?」

「いや。あれでもう、十分すぎますから」

「でもなぁ……」

また先生は、ちょっと苦い顔を作って口元を締めた。

なんだろう、これをずっと繰り返さないとだめな感じなのだろうか。

「……栄養士と調理師だと、さすがに2年じゃ難しいかも。そうすると3年とか、もしかしたら5年とか？　わかんないけど、うちに居た方がいい気がするんだよなぁ」

すいませんでした、まだはっきり言ってませんでしたね。

タイミング的には、もっと早く自分の気持ちを伝えておくべきでした。

「先生のお役に立てるようがんばりますので、ここで働かせてください」

「あっ、そう!?　うちに居るのね！　いいよ、いいよ！　全然OK、むしろ全力でウェルカムだから！」

あの日、初めてこの診療所の入口を開けた時から。

まるで今日のことが、すでに決まっていたように思えてならない。

「ここであたしに、何がどれぐらいできるか分からないですけど――」

「あ、関根さん。早速、呼ばれてるよ」

「――えっ？」

「ほら、あそこ」

先生が指さしたのは、いつの間にか入口に立っていた瀬田さん。

でもフリーズしたまま、ぼんやりと一点を眺めているだけだった。

「ちょ――瀬田さん⁉ 今日はどうされましたか⁉」

今のあたしは、あの時のあたしとは違う。

あたしはここで、誰かを助けるきっかけになれることを知った。

今はこの「んん診療所」こそ、あたしが居てもいい場所なのだ。

◆この作品はフィクションです。
実在の人物、団体などには一切関係ありません。

双葉文庫

ふ-30-01

おいしい診療所《しんりようじよ》の魔法《まほう》の処方箋《レシピ》

2020年10月18日　第1刷発行

【著者】
藤山素心《ふじやまもとみ》

【発行者】
島野浩二
【発行所】
株式会社双葉社
〒162-8540 東京都新宿区東五軒町3番28号
［電話］03-5261-4818（営業）　03-5261-4851（編集）
www.futabasha.co.jp（双葉社の書籍・コミックが買えます）
【印刷所】
中央精版印刷株式会社
【製本所】
中央精版印刷株式会社

【フォーマット・デザイン】
日下潤一

ISBN978-4-575-52410-9 C0193
Printed in Japan